# ボーイは清楚な花を愛す

神香うらら

幻冬舎ルチル文庫

CONTENTS ✦目次✦

# カウボーイは清楚な花を愛す

✦イラスト・三池ろむこ




✦カバーデザイン＝久保宏夏（omochi design）
✦ブックデザイン＝まるか工房

# カウボーイは清楚な花を愛す

# 1

――アメリカ合衆国、テキサス州。

州都オースティンから車で三十分ほどのところにあるハーモンヴィルは、開拓時代の名残《なごり》を残す古き良き町で、今では都心で働く人々のベッドタウンとして知られている。

町の中心部から北へ向かうと、ほどなく地平線まで延々と続く牧草地が見えてくる。数ある牧場の中でもひときわ広大な農地と立派な設備を誇っているのが、クラークソン牧場だ。

額からしたたり落ちる汗をシャツの袖《そで》で拭《ぬぐ》い、三代目の若き牧場主、タイラー・クラークソンは大きく息を吐いた。

百九十センチを超える長身に、筋骨逞《たくま》しい体軀《たいく》。捲《まく》り上げた袖から覗《のぞ》く腕はがっちりと太く、広い肩と厚い胸板がシャツの下で窮屈そうに盛り上がっている。

日に焼けた精悍《せいかん》な顔立ちは、お世辞にも美男子とは言えない。立派な鷲鼻《わしばな》に、肉食獣を思わせる頑丈そうな顎《あご》……太い眉《まゆ》の下の双眸《そうぼう》は、ひどく険しい印象だ。

しかし荒削りの彫刻のような風貌《ふうぼう》は男らしい魅力を存分に備えており、野性的なタイプを好む向きにとってはこの上なくセクシーな男性と言えるだろう。

壊れた柵の修理を終えて、タイラーは立ち上がった。カウボーイハットを被《かぶ》り直し、地平線まで続く牧草地に目を向ける。

大牧場の経営者として、タイラーは多忙な日々を送っている。牛を飼い、繁殖させ、競《せ》りにかける。ただそれだけのことでも、牛の数が数千単位となれば仕事は目白押しだ。

経営者だからといってオフィスでふんぞり返ることなく、タイラーは就労時間のほとんどを屋外で過ごしている。

朝起きてまず厩舎《きゅうしゃ》の馬の世話をし、カウボーイたちの先頭に立って指揮をとる。放牧や牧草の刈り入れなどの季節ごとの決まった仕事以外にも、牧場には突発的なアクシデントも多い。牛や馬に異変があれば獣医を呼び、トラクターや農機具の故障を修理し、あるいは今日のように、壊れた柵から逃げ出した牛を追いかけたり。

タイラーは、この仕事を心の底から愛している。

父も、そしてこの牧場を始めた祖父もそうだった。

幼い頃から、汗水たらして働く父の背中を見てきた。高校生になると、カウボーイ見習いとして放課後の多くの時間を牧場で過ごした。両親の勧めで大学に進学したのも、いずれは牧場を継ぐつもりで、経営のノウハウを身につけたいと思ったからだ。

大学を卒業したタイラーは、まずは外の世界を見てみようとヒューストンにある農業コンサルタント会社に就職した。そこで二年働いた後、故郷に戻って父のもとで本格的な修業を始めた。

自分が牧場を継ぐのは、まだまだ先のことだと思っていた。

ところがタイラーが故郷に戻って半年後の春、両親は突然の交通事故で帰らぬ人となった。

（あれからもう五年経つのか……）

クラークソン牧場は、このあたりの牧場の中ではいちばん安定した経営状態を保っている。しかしいつなんどき大雨や干ばつに見舞われるかわからない。最新式の設備を導入したり、新たな品種の牛の育成に取り組んだり、それこそ休む間もないほど仕事に没頭してきた。

友人たちにはワーカホリックだと呆《あき》れられているが、タイラーにとって仕事は何より楽しくてやり甲斐《がい》の感じられる有意義な時間だ――。

大地を駆ける蹄《ひづめ》の音が近づいてきて、タイラーは眩《まぶ》しげに目を細めて振り返った。

やってきたのは、カウボーイのひとりだ。

「ボス、逃げた牛は全部回収して柵の中に戻しました。怪我《けが》もありません」

「そうか、よかった。今日はもう上がっていいぞ。デートなんだろう？」

年若いカウボーイが、照れたような笑みを見せて頷《うなず》く。

彼の父親も、この牧場で働くカウボーイだ。子供の頃から知っている上に、彼の母親はクラークソン家の家政婦でもあるので、互いに気心は知れている。

「じゃあ失礼します。ボスにも早くいい人できるといいですね」

「お袋さんの口癖がうつったのか？」

軽口を叩《たた》き合って笑い、タイラーも近くにつないでおいた馬の手綱《たづな》を引き寄せた。

修理道具の入った袋を肩に担いだところで、ふいにポケットの中のスマートフォンが鳴り始める。

電話は、幼なじみで親友のウェイド・エイムズからだった。小学校のときからのつき合いで、今はハーモンヴィルの消防士として働いている男だ。

「もしもし？」

『タイラー？　今ちょっといいか？』

「ああ、ちょうど仕事が終わったところだ」

『よかった。あのさ、ちょっと頼みたいことがあるんだけど』

「いいけど、こないだみたいにおまえの彼女の女友達とブラインドデートってのは勘弁してくれよ」

馬のたてがみを撫《な》でてやりながら、タイラーは悲惨なデートを思い出して顔をしかめた。

ウェイドはよかれと思って引き合わせてくれたのだろうが、自慢話しかしない彼女に、日頃は我慢強いタイラーも、会って五分後には誰か彼女の口を粘着テープで塞《ふさ》いでくれないかと願わずにいられなくなった。

『いやいや、今日は真面目《まじめ》なお願いなんだ。今日の午前中、町で火事があったのは知ってるか？　小学校のそばのウィルソンさんの家。離れの納屋《なや》が全焼だ』

「それは気の毒に……」

　馬を撫でる手を止めて、タイラーは眉根を寄せた。

　ウィルソン夫妻とは、少しばかり面識がある。亡くなった両親が夫妻と親しかったので、今でも町で顔を合わせると挨拶をかわす間柄だ。

『幸い母屋《おもや》には燃え移らずにすんで、夫妻も無事だった。けど、問題は下宿人だ』

「下宿人？」

『ああ。夫妻は納屋を改装してコテージにして、数年前から人に貸してるんだ。で、先月前の住人が出て行って、今日から新しい下宿人が入居することになっていた』

「それは、タイミングが悪かったな」

『ああ、最悪だ。消火を終えて現場の後始末をしていたら、事情を知らない下宿人が荷物を抱えてやってきて、呆然《ぼうぜん》としてた』

「だろうな」

　下宿人に同情し、深々と頷く。

『実はその下宿人ってのは、新学期から小学校に赴任する新米教師なんだ。そこでおまえに頼みなんだが、しばらく彼をおまえの家で預かってもらえないかな』

思いがけない申し出に、タイラーは目を瞬かせた。

タイラーの沈黙を拒絶と受け取ったのか、ウェイドが早口でまくし立てる。

『親父《おやじ》が面接して採用したから身元も確かだし、すごく礼儀正しくて、今どき珍しいほどの好青年だ。なあ、頼むよ。親父の家はリフォーム中だし、俺のアパートは客間がない。手頃な値段の賃貸物件は全部埋まってるし、町外れのトレーラーハウスは物騒だろう。何日か一緒に過ごしてみて、どうしても相性が悪ければ断ってくれていいからさ』

「……ああ、うちは別に構わない」

ウェイドの勢いに押されるようにして、タイラーは頷いた。

ウェイドの父親は小学校の校長だ。町の名士である校長が保証するなら、少なくとも部屋でマリファナを吸ったり大音量でデスメタルを流すようなタイプではないだろう。

『ありがとう、助かるよ。急で悪いんだが、もし都合がよければ今夜から泊めてやってくれないかな。あいにく町のモーテルはロデオ大会のせいでどこも満室で……』

「ああ、いいよ。ロレーナに部屋の用意を頼んでおく。夕飯もうちで食べればいい。えーと、その彼、ベジタリアンとかビーガンとかそういうのある？」

『ちょっと待って、訊《き》いてみる』

件《くだん》の新米教師はウェイドの近くにいるらしい。電話の向こうでウェイドが『何か食べられないものはある？』と尋ねているのが聞こえてきた。

『お待たせ。大丈夫、ベジタリアンでもビーガンでもないって。これから署に戻って着替えるから、そうだな……一時間後に俺がおまえんちまで送っていくよ』

「わかった。ああウェイド、ちょっと待った」

電話を切ろうとしたウェイドを、タイラーは慌てて呼び止めた。

『何？』

「おまえ、今夜何か予定あるか？」

『いや別に。なんで？』

「じゃあおまえも夕食に招待していいかな。……俺が初対面の人としゃべるのが苦手だって、知ってるだろう？」

スマホを持ち直し、後半は声を潜める。

タイラーはどちらかというと寡黙で、話し上手《じょうず》とは言い難《がた》いタイプだ。顔つきが厳《いか》めしいせいで、初対面の人には無愛想だと思われることも多い。

それだけならまだしも、社交辞令が苦手なためにストレートな物言いになってしまい、相手を怒らせてしまうこともある。

『了解。俺もご一緒させていただくよ。ロレーナによろしく』

タイラーの性格を熟知しているウェイドが、くすりと笑って通話を切る。

ふうっとため息をついて、タイラーは顔を上げた。

思ってもいなかった展開だ。急いで家に帰り、シャワーを浴びなくては。馬を走らせながら、タイラーは今夜のディナーについて考えを巡らせた。

（新米教師ってことは、大学を出たばかりか……）

初対面の、しかも弟よりも年下の世代の若者とディナーだなんて、正直気が重い。

タイラーも三十を過ぎたばかりで世間的には若い部類に入るのだろうが、牧場経営者として働いていると、同世代の男たちよりも年老いているように感じることがある。

流行の音楽やドラマを知らないいし、ネットの文化にも疎い。先日ウェイドとバーで飲んでいたときに声をかけてきた女子大生のグループと合流した際も、タイラーは自分のことを彼女たちの父親世代のように感じ、ひどく居心地が悪かった。

（彼女たちも、俺のことおじさん扱いしてたしな……）

それが腹立たしいとか残念だとかは思わないが、こんな自分に果たして伴侶は現れるのだろうかと心配になる。

タイラーは、決してもてないわけではない。大牧場の経営者となれば、言い寄ってくる女性はごまんといる。

けれどそういう女性は財産が目当てであって、タイラー本人を愛しているわけではない――ということに、タイラーは早い段階で気づくことができた。

彼女たちの望みはゴージャスなデートや高価な贈り物で、一緒に馬に乗って草原を駆け巡ることではない。そして彼女たちはなぜか一様に、タイラーが田舎《いなか》の牧場暮らしを苦痛に感じていると決めつける。

牧場を売って、ダラスやヒューストンの高級コンドミニアムに引っ越してはどうか。牧場を手放したくないなら、せめて週末は都会のセカンドハウスで過ごしてはどうかと、何度提案されたことか。あまりにも同じことを言われるので、実は彼女たちは不動産業者のまわし者ではないかと疑ったほどだ。

自分は今の生活を愛している。女性が好むようなショッピングやパーティには興味がないし、相手に合わせてライフスタイルを変える気もない。

(俺は結婚には不向きなタイプなのかもしれないな)

沈む夕陽《ゆうひ》を眺めながら、自嘲《じちょう》的《てき》な笑みを浮かべる。

既婚者の友人に言わせれば結婚には妥協が必要らしいが、タイラーは妥協するつもりはなかった。

同じ価値観を持ち、牧場での生活を愛し、ともに楽しむことができる人。

いつかそんな相手が現れたら、自分はためらいなくプロポーズするだろう――。

母屋が見えてきたので、馬の速度を緩める。

いつのまにか頭の中が結婚に関する話題にすり替わっていて、タイラーは苦笑した。

(今夜来るのは下宿人で、しかも男だぞ)

初対面の人物との食事なんて久しぶりのことだから、少し緊張しているのかもしれない。

ウェイドを招待して正解だったと思いながら、厩舎に向かう。

「今日も一日お疲れさん」

愛馬にブラシをかけてやり、飼い葉桶《おけ》に水と餌《えさ》を足して、タイラーはシャワーを浴びるために母屋へ向かった。

◇◇◇

水平線の向こうへ落ちてゆく夕陽を眺めながら、川池優希《かわいけゆうき》はしきりに目を瞬かせた。

(引っ越し当日に新居が焼けてしまうなんて……)

カーラジオから陽気なカントリーソングが流れてくるが、不安な気持ちは増すばかりだった。無意識に膝《ひざ》の上で両手を握り合わせ、神経質な仕草で何度も指を組み替える。

この町に赴任することが決まって、不動産業者に物件を案内してもらったときのことを思い出す。

ハーモンヴィルには単身者用の賃貸物件が少なく、第一希望のアパートには空きがなかった。一軒家は小学校の新米教師には家賃が高すぎるし、あまり部屋数が多すぎても持てあましてしまう。

家賃と間取り、周辺の環境や治安、勤務先までの距離等々、候補の中から消去法で絞っていくと、最後に残ったのがウィルソン家の離れのコテージだった。

少々古びてはいたが、元は納屋だったという建物は天井が高く、それがアトリエ風でなかなか素敵だったのだが……。

「そんなに緊張しなくても、タイラーは気のいいやつだよ。一見とっつきにくそうに見えるし話し上手ってわけでもないけど、責任感が強くて真面目なカウボーイだ」

「……ええ、さっき電話で、校長も同じことをおっしゃってました」

運転席のウェイド・エイムズのほうを振り返り、ぎこちない笑みを浮かべる。

ウェイドは、優希がコテージに到着したときに消火活動の後始末をしていた消防士だ。事情を話すと、あちこちに電話をかけて宿泊先を探してくれた。

歳《とし》は三十前後だろうか。褐色の髪に青い瞳の、笑顔が爽《さわ》やかな長身のイケメンだ。アメリカでは消防士は女性にもてる職業として知られているが、その上これだけ容姿に恵まれていたら、きっと引く手あまただろう。

「俺とタイラーは子供の頃からのつき合いだから、親父もよく知ってるんだ」

「そうなんですか……」

相槌《あいづち》を打ちながらも、優希は上の空だった。

——まさか、見知らぬ他人の家に居候《いそうろう》させてもらうことになるとは思わなかった。

ひとり暮らしと違って、居候となれば、ある程度はプライベートな部分も見せざるを得ない。

テキサス州は、優希が生まれ育ったロサンゼルスと違って保守的な土地柄だ。

絶対に、秘密を知られないようにしなくては……。

「ああ、見えてきた。あそこの白い家」

ウェイドの言葉に、はっと我に返って顔を上げる。

「うわあ……」

優希の唇《くちびる》から、思わず感嘆の吐息が漏《も》れた。

広大な牧草地の中、夕陽に照らされて、白壁にオレンジ色の屋根のスパニッシュ・コロニアル様式の邸宅がゆったりと佇《たたず》んでいる。家の両脇には大きな樫《かし》の木がそびえ立ち、青々と茂った葉を風にそよがせていた。

まるで、アメリカの古き良き時代をそのまま写し取った風景画のようだ。

どこか懐かしいような感情がこみ上げてきて、胸の奥が熱くなる。

「気に入った?」

「ええ、すごく……」

頬《ほお》を紅潮させて、優希は何度も頷いた。

この気持ちを表す言葉が見つからないのがもどかしい。

ここは、子供の頃に夢に思い描いていた大牧場そのものだ。

内気で引っ込み思案な子供だった優希は、いつも小学校の図書室で本を読みながら空想に耽《ふけ》っていた。

ロサンゼルスのごみごみした下町に住んでいても、本を開けばまだ見ぬ世界に飛び立つことができる。北欧の雪深く神秘的な森、イギリスの湖水地方にある古い城館、南の島の美しい珊瑚礁《さんごしょう》……とりわけ優希を魅了したのが、テキサスにある大牧場の物語だった。

主人公は牧場に住む、無口で空想好きの少年だ。十歳の誕生日に父親から仔馬《こうま》をプレゼントされ、以来どこへ行くにも一緒の大親友になる。

広い草原を馬に乗って駆け抜けたら、どんなに楽しいだろう。

美しい挿絵を眺めながら、優希も主人公と一緒になって馬を走らせたものだ——。

「……っ」

車ががくんと揺れて、慌ててドア上部の取っ手を摑《つか》む。

クラークソン牧場と書かれたゲートをくぐると、舗装していない道が家の前まで続いていた。車は土埃《つちぼこり》を立てて進み、ほどなく母屋の前にたどり着く。

「約束の時間ぴったりだ」

腕時計を見ながら呟《つぶや》き、ウェイドが車のエンジンを停止する。

礼を言って車から降り立ち、優希は改めてクラークソン邸を見上げた。

玄関の大きな木製のドア、広々としたポーチに置かれた白いベンチ……見れば見るほど愛読書の挿絵とそっくりだ。よくある様式と言えばそうだが、家の両脇の大木の位置まで同じなので、既視感で頭がくらくらする。

ポーチに近づくと、階段の下で二匹のシェパードが待ち構えていた。耳をぴんと立てて、見知らぬ人間を検分するようにじっと見つめている。

「やあ、おふたりさん」

ウェイドが二匹に声をかけ、優希のほうを振り返る。

「クラークソン牧場の優秀な番犬のジョーとジャックだ。よく似てるだろう？　兄弟なんだ」

「こんにちは、ジョー、ジャック」

優希が声をかけると、二匹は足を揃《そろ》えてその場に座り、攻撃の意思がないことを示してくれた。けれど優希を見る目には、まだ警戒の色を浮かべている。ウェイドと一緒でなければ、盛大に吠《ほ》えられて追い返されたことだろう。

「そういや聞くのを忘れてた。犬は平気？」

「ええ、大丈夫です。実家でも柴犬を飼ってました」

「よかった。ジョーとジャックは賢い犬だから、すぐに慣れるよ」

「いらっしゃい、お待ちしてましたよ」

玄関のドアが開いて、愛想のいい笑みを浮かべた女性が姿を現した。メキシコ系の風貌から察するに、彼女がウェイドの言っていた家政婦のロレーナだろう。

「やあロレーナ。急に悪いね」

言いながらウェイドが、優希に先に階段を上がるように促す。

「いいえ、お客さまはいつでも歓迎ですよ。あなたが新任の小学校の先生ね」

「はい、初めまして、ユウキ・カワイケです」

階段を上ってポーチに立ち、優希は差し出されたロレーナの右手を軽く握った。

「まあ、こんな綺麗《きれい》な先生がいたら、女の子たちは学校に行くのが楽しみになるわ」

ロレーナの言葉に、優希はぱあっと頬を染めた。

お世辞とわかっていても、面と向かって綺麗だなんて言われると気恥ずかしい。

「小学校でよかったよ。こんな美青年が我が町の高校に来たりしたら、肉食獣みたいな女子生徒たちにあっというまに襲われちまう」

ウェイドが軽口を叩き、ロレーナが声を立てて笑う。

今のは褒め言葉なのかその逆なのか、判断に迷い、優希は目をぱちくりさせながらロレーナのあとに続いた。

（うわあ……）

玄関ホールに足を踏み入れた優希は、心の中で感嘆の声を上げた。

明るい吹き抜けのホールに、大きな螺旋状《らせんじょう》の階段が優美な曲線を描いている。マホガニーのキャビネットの上の花瓶には、色とりどりのオールドローズがたっぷりと活《い》けられていた。

この玄関ホールだけで、クラークソン家が裕福であることが窺《うかが》える。けれどこれ見よがしな派手さはなく、むしろ素朴な温かみを感じさせる家だった。

「……素敵なお宅ですね」

感動を凝縮して呟くと、ロレーナが大きく頷いた。

「ええ、私も大好きなんです。まずはお部屋にご案内しましょう。ウェイドさま、客間に飲み物をご用意してますのでどうぞ」

「ありがとう」

ウェイドが、勝手知ったる様子で客間へ向かう。小型のスーツケースを抱え、優希はロレーナに続いて階段を上った。

「引っ越し当日に火事だなんて、とんだ災難でしたね」

「ええ、僕もびっくりしました」

「けどまあ、入居してからじゃなくてよかったですよ」

「そうですね。難を逃れたと思うことにしてます」

二階に着くと、左右に廊下が伸びていた。外観から察するに、玄関ホールを中心に左右対称の作りになっているのだろう。

ロレーナが左側の廊下へ向かおうとしたところで、ふいに背後でばたんとドアの開く音がする。

「ロレーナ、俺の青いシャツ知らないか」

振り返った優希は、ぎょっとして目を見開いた。

部屋から出てきた男は——多分彼がこの家の主であるタイラー・クラークソンだろう——腰《こし》にバスタオルを巻いただけの、上半身裸の姿だったのだ。

彼のほうも、優希を見て驚いたようにその場で固まっている。

鋭い双眸、高い鼻梁《びりょう》、無精髭《ぶしょうひげ》……精悍で厳めしい印象の顔立ちだ。日に焼けた逞しい体を覆う筋肉は、モデルや俳優のそれと違って荒々しいほどの野性味に溢《あふ》れている。

成熟した牡《おす》が放つ強烈なフェロモンに、優希はくらくらと目眩《めまい》を感じた。

男を凝視していたことに気づき、慌てて視線をそらす。

「旦那《だんな》さま、お客さまの前で失礼ですよ」

ロレーナが顔をしかめ、母親のような口調でたしなめる。

「……ああ、失礼」

「青いシャツはクローゼットの右端に掛けてあります。お客さまへのご挨拶は、服を着てからにしましょう」

「ありがとう。じゃあええと、また後ほど、改めて」

後半の言葉が自分に向けられたものだと気づき、優希は視線を宙にさまよわせながら「はい」と小さく返事をした。

ばたんとドアが閉まる音に、詰めていた息をふっと吐き出す。

（……うわ……）

心臓が、どくどくと大きな音を立てていた。頬に手を当てると、びっくりするほど熱を持っている。

きっと顔が真っ赤だ。幸い廊下は薄暗いので、彼に気づかれてはいないと思うが……。

「こちらです」

軽く肩をすくめ、ロレーナが左側の廊下へ進む。

案内されたのは、いちばん奥の部屋だった。先ほどの彼が出てきた部屋からは距離があり、まずはそのことにほっとする。

客用の寝室らしきその部屋は、グリーンを基調とした落ち着いた色合いでコーディネートされており、優希はひと目で気に入った。ダブルサイズのベッド、ライティングデスク、窓辺には籐《とう》の肘掛《ひじか》け椅子《いす》とコーヒーテーブルも置かれている。

「バスルームはこちらです。棚に予備のタオルがありますので、ご自由にお使いください」

「ありがとうございます……あ、ちょっと待ってください」

部屋を出て行こうとしたロレーナを、優希は呼び止めた。

「あの、ディナーは正装したほうがいいですか？」

家政婦のいるお屋敷でのディナーなど初めてで、勝手がわからない。恥を忍んで尋ねると、ロレーナが優希の顔を見上げて微笑《ほほえ》んだ。

「そこまで格式張った席ではありませんからどうぞお気楽に。そのままでも結構ですけど、もしお持ちでしたらジャケットをお召《め》しください」

そういえば、ウェイドも消防署の更衣室からジャケットを持ってきていた。

「わかりました。スーツがあるので、それを着ます」

「それと、旦那さまは普段も夕食のときはきちんとした服装をされてます。いつもスーツでなくて構いませんが、Tシャツやショートパンツなどのラフな格好はおやめになったほうがいいですね」

「了解です」

真剣な表情で頷くと、ロレーナが戸口で振り返ってくすくすと笑った。

「旦那さまは服装や礼儀にはうるさいほうなんですが、よりによって初対面のお客さまにバスタオル一枚の格好を披露する羽目になるとはね……今頃部屋で地団駄踏んでますよ」

それについてなんとコメントしようか悩んでいるうちに、ロレーナはドアを閉めて軽やかに立ち去っていった。

◇◇◇

「なんてこった……」

口の中で悪態をくり返しながら、タイラーはまだ湿り気を帯びている髪を両手でがしがしとかきまわした。

まずは服を着ようと、大股《おおまた》でクローゼットに向かう。

ロレーナの言った通り、青いシャツは右端のハンガーに掛けてあった。なぜもっとよく見なかったのかと後悔の念がこみ上げる。

『ロレーナ、俺の青いシャツ知らないか』

言いながら部屋のドアを開けたタイラーは、ロレーナの背後に見知らぬ東洋系の青年がいることに気づいた。

そして彼と目が合った瞬間、全身に雷に打たれたような衝撃が駆け抜けた。

薄暗い廊下に佇み、驚いたように目を見開いている青年が——多分彼が小学校の新米教師だろう——あまりに美しかったせいで。

この町でも、東洋系の若者は珍しくない。美形というならウェイドもそうだろうし、スクリーンやテレビの中に美しい男はごまんといる。

けれど彼は、タイラーがこれまで見てきた男たちとはまったく違う空気をまとっていた。

決して女性っぽいわけではない。優しげな顔立ちは中性的と言えるかもしれないが、華奢《きゃしゃ》な体には丸みを帯びたところはひとつもなく、どこからどう見ても痩身《そうしん》の青年だ。

なのに、どうしてこんなに惹《ひ》きつけられるのだろう。

タイラーはゲイではない――少なくとも今までは。

同性を恋愛対象として見たことはないし、ひと目見た瞬間に心を奪われた経験もない。

……いや、男性だけでなく、女性にだってひと目で心を奪われた経験などない。

（なんで俺はこんなに動揺してるんだ……）

シャツのボタンが掛け違いになっていることに気づき、慌てて掛け直す。

ひと目惚《めぼ》れ、という言葉が頭をよぎるが、タイラーは即座にそれを振り払った。

さっき会ったばかりの、まだろくに言葉もかわしていない青年に恋をするなどあり得ない。

心がざわめいているのは、きっとあんなに綺麗な男を見たのが初めてだからだ……と自分に言い聞かせる。

とにかく早く支度《したく》をして階下へ降り、先ほどの非礼を謝らなくては。

いちばん気に入っている銀細工のループタイを選んで、クローゼットの扉に取りつけられた鏡を覗き込む。

鏡に映った姿に、思わずタイラーは眉根を寄せた。

無愛想でとっつきにくそうな、武骨な男が映っている。先ほどの青年と比べると、なんと垢抜《あかぬ》けなくて野暮ったいことか。

（せめて無精髭くらい剃《そ》っておくべきだったか……）

ロレーナに常々「その無精髭がなければ五歳は若く見えますよ」と言われているのだが、別に若く見せる必要はないと聞き流していた。

ロレーナの言う通り、面倒がらずに剃っておけばよかった。

そうすれば、あの青年に少しでもいい印象を持ってもらえたかもしれないのに……。

バスルームへ向かいかけて、いやいやと立ち止まる。

彼には既にこの髭面を見られている。今更剃ったところで手遅れだし、それよりも客を待たせないことのほうが大切だ。

髪を丁寧に撫でつけて、もう一度鏡を覗き込む。

せめて親しみやすい笑顔を作ろうと試みるが、鏡の中のカウボーイはぎこちなく頬を引きつらせただけだった――。

階段を下りると、客間からウェイドの笑い声が聞こえてきた。

いったん立ち止まり、気持ちを落ち着かせるように深呼吸をしてから足を踏み出す。

「お待たせして申し訳ない」

言いながらタイラーが客間に入ると、ソファにかけていた青年がぴょこんと立ち上がった。ライトグレーのスーツに、紺のネクタイを締めている。

彼の存在自体が衝撃で、どんな服装だったかよく覚えていないが、先ほどはネクタイはしていなかったような気がする。

多分、ディナーのためにスーツに着替えたのだろう。そういう気遣いも好ましく思えて、タイラーの中で彼の好感度が更に上昇する。

「ああ、さっきは失礼……ええと……」

精一杯の笑顔で、タイラーはぎくしゃくと彼に近づいた。

「ユウキ・カワイケです」

青年が、はにかんだような笑みを浮かべてタイラーの顔を見上げる。

小川のせせらぎを思わせるような、高めの澄んだ声だ。

さらさらした黒髪、白くなめらかな肌《はだ》、深みのある紅茶色の瞳――華やかとは言い難い顔立ちなのに、どうしてこんなに美しいのだろう。たとえて言うならば、フラワーショップのゴージャスな赤い薔薇《ばら》ではなく、野に咲く楚々《そそ》とした白い花のような……。

「……タイラーだ。タイラー・クラークソン」

柄にもなく目の前の青年を花にたとえてしまった自分が気恥ずかしくなり、せっかく作っ

た笑顔が強ばってしまう。

慌てて右手を差し出すが、タイラーの動揺が伝わったのか、ユウキと名乗った青年も戸惑ったように視線を泳がせていた。

しかしそれもほんの数秒のことで、意を決したようにタイラーの手にそっと触れる。

「――！」

ひんやりとした感触に、再びタイラーの中に電流が走った。

誰かと握手をして、体がこんな反応を示すのは初めてのことだ。

優希の笑顔がわずかにしかめられ、自分の大きな手が彼の華奢な手をきつく握り締めていることに気づく。

「……ああ、失礼」

名残惜しい気持ちで、タイラーは優希の手を解放した。

日々の労働で革のように硬くなった手のひらに、すべすべした肌の感触が残っていて気持ちいい。

「いえ……あの、このたびは突然お邪魔してすみません」

優希が、恐縮した様子でおずおずと切り出す。

「いや、気にしないでくれ。困ったときはお互いさまだ。ウィルソン夫妻とは両親が親しくしてたし、ウェイドの親父さんにも世話になってるし」

彼に気を使わせたくなくて、必死に言葉を探す。

歓迎している気持ちを表したいのに、素っ気ない言葉しか出てこない自分が嫌になる。こういうときのために、もう少し気の利いた会話術を身につけておくべきだった。

「そうは言っても、下宿するとなればお互いの相性も大事だ」

それまで黙ってふたりのやりとりを見ていたウェイドが、マントルピースの上にグラスを置いて、タイラーの肩をぽんと叩く。

ウェイドの存在をすっかり忘れていたタイラーは、面食らって目を瞬かせた。

「そこで俺から提案なんだけど、まずは一週間一緒に暮らしてみて、それからどうするか決めるってのはどう？　一週間後に俺が優希とタイラーに個別に意思確認するよ。こういうことは、当事者同士は言いにくいだろうからさ」

「……ええ、僕はそれで構いません」

「……俺も異存はない」

優希のほうへ目を向けると、紅茶色の瞳と正面から視線が合ってしまった。

長い睫毛《まつげ》の下、生まれたての無垢《むく》な仔馬のような潤んだ瞳がタイラーを見上げている。

突然自分の中に、強い庇護欲が湧き起こるのを感じた。

狂おしいような切ないような、なんとも表現し難い感情が激しく渦を巻き始める。

彼に不安な思いをさせたくない。

自分が、彼にとって安心できる場所になりたい——。

「ほんとに、遠慮せずに自分の家だと思ってくつろいでくれ。俺はその……ひとり暮らしが長くて気が利かないところがあるが、同居人は大歓迎だ」

なんとか気持ちを伝えようと言葉を絞り出すと、優希の表情がふっとやわらぐのがわかった。

「ありがとうございます。そう言っていただけるとすごく心強いです。この町は初めてで、仕事に就くのも初めてで、右も左もわからない状態ですので……」

素直な言葉に、胸が熱くなる。

まったく、どうかしている。こんな短時間のうちに舞い上がったり落ち込んだり、感情が激しく上下したのはいつ以来だろう。

「ハーモンヴィルはいい町だよ。きっと気に入る」

ウェイドがのんびりと口を挟んだところで、ロレーナがやってきた。

「お食事のご用意ができました。皆さまダイニングルームへどうぞ」

ウェイドに促されて、優希が軽く会釈をしてから先にダイニングルームへ向かう。

その後ろ姿を、タイラーは舐《な》めるように観察した。

姿勢がよく、手足が長いのですらりと長身に見えるが、実際は百七十センチほどだろうか。

優美なラインを描く肩、ほっそりとした腰……引き締まった小さな尻《しり》が動くさまに、視線を引き寄せられる。

（これだけ細いと簡単に持ち上げられそうだ）

ロマンス小説の表紙のように、自分が彼を横抱きに抱き上げているところを想像してしまい……慌てて妙な妄想を振り払う。

ダイニングテーブルには、いつもより豪勢な料理がずらりと並んでいた。菜園で採れた新鮮な野菜を使ったチキンサラダ、マッシュポテトをたっぷり添えたミートローフ、にんじんとズッキーニのグラッセ、自家製のとうもろこしのパン、数種類の豆をブレンドした、ロレーナ特製のポークビーンズまである。

「お口に合うかわかりませんが……」

ロレーナが、少々心配そうに優希に話しかける。東洋人の彼にアメリカの家庭料理が合うか心配なのだろう。

「ミートローフは大好物です」

ロレーナを安心させるように、優希がにっこりと微笑む。

自分に向けられたぎこちない笑みとは違い、ごく自然な、柔らかな笑みだ。やはり自分の険しい風貌が彼にとっつきにくさを感じさせているのだろうかと気持ちがへこむ。

「いただきます」

優希が、優雅な仕草でナプキンを膝に広げる。

言葉遣いや身のこなし同様、優希は食事の作法も上品だった。それも昨日今日身につけたものではなく、しっくりと馴染《なじ》んでいる。

電話でウェイドが礼儀正しい好青年だと言っていたが、本当にその通りだ。

しかも、思わず見とれてしまうほどの美貌の持ち主で……。

「優希は、出身はどこ？」

なかなか口を開こうとしないタイラーの代わりに、ウェイドが質問してくれた。

「ロサンゼルスです。父は代々ＬＡに住んでる日系人で、母は日本からの留学生だったんです」

「じゃあずっとＬＡで過ごしてたんだ？」

「ええ、高校を出るまでずっとＬＡです。都会のごみごみした場所で育ったので、自然豊かな場所にすごく憧れていて……だから大学は地方に行こうと決めてました。それで、下見に来たときにいちばん印象がよかったテキサスの大学に」

「へえ、そうなんだ。テキサス、気に入った？」

「ええ、すごく。西部劇が好きなので、大学時代はあちこち名所巡りをしました。居留地の体験キャンプに参加したり」

「俺は四分の一チェロキー族だ」

唐突に口を開いたタイラーに、優希とウェイドが面食らったように目を瞬かせる。

優希が先住民の暮らしに興味があることを知って嬉《うれ》しくなり、先住民の血を引いているこ
とをアピールしようとしただけなのだが……優希の戸惑ったような表情に、もう少し前置き
をしてから話すべきだったと後悔する。

「いやあの、母方の祖母がチェロキー族出身なんだ。俺も子供の頃はよく居留地に行ってた」

慌てて言い繕うと、固まっていた優希の表情がほっとしたようにほぐれるのがわかった。

「そうなんですか」

「……ああ、そうなんだ」

せっかく話の糸口が見つかったというのに、その先の言葉が出てこない。

もどかしい思いで、タイラーはサラダをかきまぜた——まるでサラダの中に気の利いた会
話のヒントがあるかのように。

「そうそう、子供の頃はよくタイラーと西部劇ごっこして遊んだよ。俺が保安官、タイラー
が部族の長で、砦《とりで》を巡って争ったり、ときには協力してならず者と闘ったり」

またしても黙り込んだタイラーに代わって、ウェイドが話をつないでくれる。

「僕も、子供の頃にそういう遊びをしたかったです」

「今からでも遅くないさ。メンバーは揃ってる。首長、保安官、優希は都会からやってきた
教師で、町に着くなり悪者に攫《さら》われて、それを俺たちが救いに行く、なんてのはどう？」

ウェイドの案に、優希が涼やかな声を立てて笑う。

タイラーとしては、優希を攫って砦に閉じ込めたい気分だった。

ふたりきりになって、今はウェイドに向けられている笑顔を自分だけのものにしたい——。

「そうだ、タイラー、優希に交易路の跡地を見せてあげたら？　敷地内に開拓時代の交易路が残ってるんだよ。道自体はまあどうってことないけど、大きな木と小川があって、なかなかいい場所なんだ」

「ここの牧場の中にあるんですか？」

優希がぱっと目を輝かせてタイラーの顔を見上げる。

眩しすぎるその笑顔に、タイラーは反応が一拍遅れてしまった。

「……ああ。教科書に載ってるような有名な交易路ではないけど、州の歴史資料館の研究員が調査に来たこともある」

「すごいですね。ぜひ見てみたいです。あ、もちろん、お仕事の邪魔にならないように……」

「いや全然。えーと……馬は乗れる？」

「はい。得意ってわけじゃないですけど、大学時代に観光牧場でアルバイトしていたときに少し教わりました」

「じゃあきみ用の馬を用意しよう」

ようやく会話らしい会話になり、喜びがこみ上げてくる。一緒に馬に乗って交易路を見に行くのも、ふたりの距離を縮めるにはいい機会だ。

「観光牧場で働いたことあるんだ？　じゃあ馬の扱いには慣れてるね」

ミートローフを食べながら、さりげなくウェイドが尋ねる。

「どうでしょう……。実は最初面接に行ったとき、乗馬経験のない初心者はお断りって言われたんです。けど、ちょうど人手が足りなかった売店の店員として雇ってもらえることになって、そのうち子供の相手がうまいからと子供向けの乗馬体験コーナーに配属されて、ポニーの世話をさせてもらえるようになって……」

「観光牧場の仕事はきついだろ。大学生なら他に割のいいバイトいろいろあっただろうに」

「ええ、でも、テキサスに来たからには馬に乗れるようになりたかったんです。乗馬教室に通うお金はなかったし、大学の馬術部はＯＢの推薦がないと入れないようなエリート集団だったし、観光牧場で働きながら教わるのがいいかなと思って」

「……いい選択だ」

タイラーがぼそっと呟くと、優希が気恥ずかしそうに微笑んだ。

自分に向けられた柔らかな笑みに、体の芯《しん》がとろけそうな感覚に襲われる。

知れば知るほど、優希のことが好きになっていく。

そうだ……もう認めざるを得ない。自分は今日会ったばかりのこの青年に、恋をしてしまったらしい――。

「馬もいいけど、優希、車は？」

ウェイドの問いかけに、優希に見とれていたタイラーははっと我に返った。

「そうだ、車！　アパートの下見に来たときに中古車を買ったんです。今日お店に引き取りに行く約束をしてたんですけど、すっかり忘れてました」

「どこで買ったの？」

「ええと、ハーモンヴィル病院の近くの……スーツケースの中に預かり証が入ってるんですけど」

名前を思い出せないらしく、優希が宙を見上げる。

「病院の近くなら、カルロスのところかな」

ウェイドが言うと、優希が大きく頷いた。

「ええ、確か社長がそんなお名前でした。中古車の販売と、隣に修理工場もあって」

「あとで電話して、きみの車を持ってきてくれるように頼んでおこう」

少しでも点数を稼ぎたくて、タイラーは意気込んで身を乗り出した。

「いいんですか？」

「ああ」

任せておけというように返事をするが、なぜか優希は戸惑った表情を浮かべている。

「大丈夫。カルロスと俺たちは高校の同級生で、つき合いが長いんだ。町でいちばん腕のいい整備士だよ。俺の車が当て逃げされてベコベコにへこんだときも、カルロスが元通りに綺麗に直してくれたんだ」

「そうなんですか……」

ウェイドのセリフに、優希がほっとしたように表情をやわらげた。

(なるほど、こんなふうに補足すればいいのか)

自分はどうも、必要最小限のことしか言わない傾向がある。ウェイドのように、カルロスとは友人だから遠慮はいらないと伝えれば、優希も安心できるわけだ。

自分の話し下手《べた》の原因がわかって、タイラーは目から鱗《うろこ》が落ちる思いだった。

今まで、なぜ他人と会話が続かないのか理由を考えたことがなかった。別に会話を続けたいとも思わなかったし、他人から無愛想だと思われることにも無頓着だった。

三十を過ぎて初めて他人にいい印象を与えたいという欲求が芽生えるとは、いささか遅すぎる気もするが……優希と出会ったその日に気づくことができただけでもよかった。

今ならまだ間に合う。優希にいい印象を持ってもらうために、コミュニケーション能力を向上させるのだ。

(第一印象は失敗してしまったが、これから挽回《ばんかい》すればいい)

前向きに考えて、タイラーは姿勢を正して優希を見つめた。

◇◇◇

寝室のドアを閉めて、優希はふうっと大きく息を吐いた。

しばらくドアにもたれたまま、ぼんやりと室内を眺める。

シェードランプの柔らかな明かりに照らされて、寝室は昼間とは違った表情を見せていた。

カーテン、壁紙、家具……昼間見たとき以上に調和が取れていて、心休まる空間を作り出している。

（すごく、居心地のいい部屋だ……）

夕食の席で口にしたワインのせいか、頭がぼうっとしている。

手を当てると、頬が驚くほど熱かった。心臓も、いつもより鼓動が速いような気がする。

スーツの上着を脱いでネクタイをほどき、優希はふらつく足取りでベッドへ向かった。

ベッドカバーの上に腰を下ろし、ゆっくりと仰向《あおむ》けに倒れ込む。

目を閉じると、瞼《まぶた》にはこの家の魅力的な主人――タイラー・クラークソンの姿がありありと浮かび上がった。

廊下で鉢合わせしたときの野性的で雄々《おお》しい姿、そして夕食の席での、寡黙で礼儀正しいテキサス紳士の姿……。

（どうしよう……まさか下宿させてもらえる家の主人が、あんなに素敵な人だなんて）

ときめきと困惑が入り混じった感情がこみ上げてきて、思わず両手で顔を覆う。

――思春期を迎える頃、優希は自分の恋愛対象が同性であることに気づいた。

ロサンゼルスの高校にはゲイをカミングアウトしている生徒も何人かいたし、大学にはLGBTのための組織もあった。

けれど優希は、まだカミングアウトしていない。家族や親しい人たちに打ち明けるのは恋人ができてからにしようと決めているのだが、肝心の恋人にまだ巡り会えていないのだ。

幼い頃から、憧れるのはいつも力強く逞しいヒーローだった。西部劇が好きだったのも、野性的な荒くれ男たちが活躍するのを見るのが好きだったからだと思う。

タイラーは、いちばん好きだった映画の主人公を思わせるところがある。

俳優と顔立ちは似ていないが――むしろタイラーのほうが男くさくて好みなのだが――思慮深く寡黙な、そして心優しいカウボーイの物語だった。

映画の中で、主人公は密かに想いを寄せる未亡人のためにならず者を成敗する。しかし彼女は亡き夫の牧場を守るために金持ちの男との再婚を選び、主人公は彼女の幸せを考えて身を引く。

この映画を見るたびに、自分なら迷わず主人公を選ぶのにとため息をついたものだ。

そして同時に、主人公がヒロインのものにならない結末に安堵《あんど》も感じていた。

いつか自分も、ああいう逞しくて頼もしい男性と結ばれたい——。

愛読書の主人公の少年と映画の主人公のイメージが重なって、優希の中で理想の男性像が形作られていった。想像の中で優希と彼は幼なじみで、成長してから結ばれるというストーリーを何度も思い描いてきた。

他人には決して言えない、ロマンティックでセンチメンタルな妄想だ。

そして今、恥ずかしい妄想の中の恋人がタイラーの姿に重なりつつある。

タイラーは、まさに理想の男性を具現化したような存在だ……。

(……かなり酔ってるみたいだ)

グラスで軽く二杯飲んだだけだが、今夜は酔いのまわりが早い気がする。

妄想が淫《みだ》らな方向へ行かないうちに、早く寝たほうがいい。

この家にいる間、タイラーに秘密を知られないように気をつけなくては。

気だるい体を無理やり起こし、優希はワイシャツのボタンを外しながらバスルームへ向かった——。

## 2

クラークソン邸に新たな同居人が加わって、二日目の朝。

いつもと同じように五時に起床したタイラーは、物音を立てないように細心の注意を払いながら身支度をした。

家政婦のロレーナは、敷地内にあるスタッフ用の家にカウボーイの夫と息子《むすこ》とともに住んでいる。出勤してくるのは毎朝七時頃なので、普段この時間は物音など気にせずに動きまわっているのだが、今日からはそうもいかない。

まだ寝ているであろう優希を、起こしたくない。

小学校の新学期が始まるのは五日後だ。それまではゆっくり休暇を満喫して欲しいし、朝が早い牧場での生活に苦手意識を持たれたくない。

優希にこの家で心地よく過ごしてもらうためなら、タイラーはできる限りのことをするつもりだった。

『……おやすみなさい』

『……ああ、おやすみ』

ゆうべ廊下で優希とかわした挨拶を思い出し、ごくりと唾《つば》を飲み込む。

ワインに酔ったのか、優希の白い頬はほんのり上気し、紅茶色の瞳はとろんと潤んでいた。

柔らかそうな唇にキスしたい衝動を抑えるのは一苦労だったが……これから毎日優希とおやすみやおはようの挨拶をかわせるなら、欲求不満と闘うことなどお安いご用だ。

一週間後の意思確認を待つまでもなく、タイラーとしてはこのまま優希にこの家にいて欲しいと思っている。

どうすれば彼が自分のものになるのか、さっぱりわからない。けれど顔を合わせる機会が多いほうが、恋愛に発展する可能性は高まるだろう。

（牧場主と小学校の先生じゃ、同居でもしてない限り接点がないからな……）

鏡を見ながら無精髭を剃り落とし、タイラーは満足げに頬を撫でた。

確かに無精髭がないほうが幾分若く見えるし、とっつきにくい印象も薄まった気がする。

ワークシャツとジーンズを身につけて、タイラーはそっと寝室のドアを開けた。

足音を立てないように廊下を歩き、階段を下りる。裏口から外に出ると、空が朝焼けの色に染まっていた。

（今日も暑くなりそうだ）

シャツの袖を捲りながら、厩舎に向かう。

クラークソン牧場には、現在十頭の馬がいる。タイラーと五人のカウボーイたちが日々の仕事で乗るための馬だ。

「おはよう、セレステ。調子はどうだ?」

馬房を順番に見まわり、白い毛並みの雌馬《めうま》に声をかける。

ゆうべ馬の話をしたときから、タイラーは優希のためにいちばん大人《おとな》しいセレステを選ぶことに決めていた。穏やかで素直な性格なので、初心者にも乗りこなしやすいだろう。

セレステの鼻面を撫でていると、奥の馬房からタイラーの愛馬スタンリーが不満そうに嘶《いなな》く声が聞こえてきた。

「どうしたスタンリー、今日はご機嫌斜めなのか?」

言いながら歩み寄ると、黒い雄馬《おうま》が小さく足を踏み鳴らす。どうやらタイラーが自分より先にセレステに声をかけたのが気に入らないらしい。

「わがままもほどほどにしてくれよ。昨日、うちにすごく素敵なお客さんが来たんだ。優希っていうんだけど、おまえもきっと気に入るよ。おまえも優希に、かっこよくて素敵な馬だって思って欲しいだろう?」

タイラーの言葉を理解したのか、スタンリーが足を踏み鳴らすのをやめてじっとタイラーの顔を見つめる。

スタンリーはセレステとは対照的な、気難しくて気性の荒い馬だ。

もともと飼われていた牧場が経営難で閉鎖されることになり、競売にかけられたが買い手がつかず、あちこちたらいまわしにされていたところをタイラーが引き取った。

元の牧場でひどい扱いを受けていたらしく、ここに来た当初は極度の人間不信に陥っており、ずいぶんと手を焼かされたものだ。タイラーが根気よく寄り添って調教し直し、二ヶ月後にようやく落ち着いて一緒に仕事ができるようになった。今でも多少やんちゃなところはあるが、体力があって仕事熱心な、いいパートナーだ。

いつものように馬の世話をして、タイラーは厩舎をあとにした。

母屋に戻ろうとし、家の前に誰かが立っていることに気づいてぎくりとする。

(優希……?)

こんな華奢な後ろ姿は、優希以外あり得ない。

空色のシャツにベージュのチノパン、革のローファーという、早朝の牧場に佇むにはいささか上品すぎる格好で、朝焼けの色を残す空を見上げている。

「……おはよう」

近づいて声をかけると、優希が驚いたように振り返った。

「……おはようございます」

早朝の空の下で見る優希は、ゆうべ見たときよりもいっそう美しかった。

さらさらした黒髪は朝陽を浴びて輝き、なめらかな肌は剝《む》きたてのゆで卵のようにつややかに潤っている。

薄桃色の唇は、夜露にしっとりと濡《ぬ》れた花びらのようだ……。

「………物音で起こしてしまったかな？」

無言で優希に見とれていたことに気づき、急いでタイラーは口を開いた。

「いえ、全然。僕はもともと朝型なんです。窓から見えた朝焼けがあんまり綺麗で、外に出て眺めたくなって」

「ああ……それはちょうどよかった」

タイラーが相槌を打つと、優希が戸惑ったように首を傾《かし》げるのがわかった。

「いやあの、牧場の生活も朝型だから、生活のリズムが合うんじゃないかと思ってね。数年前に従弟《いとこ》が一夏滞在したことがあったんだが、彼は夜型だったから、ほとんど顔を合わせることなく夏が終わった」

慌てて言葉足らずを補うと、優希の唇に柔らかな笑みが浮かぶ。

花びらがほころぶようなその動きについ見入ってしまい……早朝の爽やかな空の下で淫らなことを考えてしまった後ろめたさに目をそらす。

「観光牧場でも早朝のシフトが多かったので、朝には強いです。そのかわり、夜は十時には眠くなっちゃうんですけど」

「俺もだ」

「学校が始まったら、ときどき帰宅が遅くなるかもしれませんが……」

「ああ、それは全然構わない。俺も夕食のあと書斎で事務作業をすることがあるし、ちょっとやそっとの物音じゃ目が覚めない。だからほんと、気にしないでくれ」

「ありがとうございます」

会話が途切れ、しんと静まり返る。

（せっかくふたりきりなんだから、何かもっとしゃべるんだ）

頭の中で話題を探していると、助け船を出すように厩舎から馬の嘶きが聞こえてきた。

「厩舎、見る？」

ぼそっと尋ねると、優希がぱっと顔を輝かせた。

「ええ、ぜひ」

「行こう」

連れだって、厩舎に向かう。

優希とふたりで歩いているというだけで、タイラーは少年のように心が浮き立つのを感じた。優希が自分の領域である牧場や馬に興味を持ってくれているのも、すごく嬉しい。

「何頭いるんですか？」

「十頭だ。うちで生まれたのが三頭」

「繁殖もしてるんですね」

「ああ、市場に出す分じゃなくて、うちの仕事用だが。馬の出産は見たことある？」

「観光牧場で一度。僕はただおろおろするだけで、全然役に立ちませんでしたけど」

「最初はそんなもんだ。俺も十五のときに初めて立ち会ったんだが、足手まといにしかならなかった」

話しながら厩舎に入ると、馬たちがいっせいにそわそわするのがわかった。初めて見る人間に、警戒心と好奇心を露《あらわ》にしている。

「お客さんは珍しいから、ちょっと興奮してるみたいだな」

厩舎内を見渡すと、やはりセレステがいちばん落ち着いていた。のんびりしていて神経質なところがなく、初心者にはもってこいの馬だ。

「……怒ってはいないですよね？」

厩舎の入口で立ち止まり、優希が小声で尋ねる。馬たちを刺激しないよう、気遣っているのだろう。

「ああ、怒ってるわけじゃない。きみに興味津々《しんしん》で、様子を窺ってるんだ。こいつはセレステ。大人しいから、触っても大丈夫だ」

「初めまして、セレステ」

優希が、馬を脅かさないようにゆっくりとした足取りで近づく。慣れた手つきで首を撫でると、セレステは気持ちよさそうに目を細めた。

「きみのことが気に入ったみたいだ」

他の馬たちも落ち着きを取り戻したらしく、優希のほうをちらちら窺いつつ、それぞれ飼い葉桶の餌を食べたり水を飲んだりしている。

「……っ！」

突然奥の馬房から大きな嘶きが聞こえてきて、優希がびくりと肩をすくませた。

「ああ、大丈夫。スタンリーはうちでいちばんの気難し屋だから、最初はちょっととっつきにくいかもしれない」

「すごく大きい馬ですね……」

セレステを撫でる手を止めて、優希が感心したように呟く。

「だろう？　働き者でいいやつなんだが、常に自分が注目を浴びていないと気が済まないんだ」

タイラーの言葉に抗議するように、スタンリーが小刻みに足を踏み鳴らす。

「近づいても大丈夫ですか？」

「ああ。きみのことが気になって仕方ないらしい」

優希がそろりそろりと用心深く、スタンリーの馬房に近づく。

大きな黒馬は、主人が連れてきた見慣れない青年をじろりと見下ろした。

「こんなに大きな馬は初めて見ました」

馬房の柵から少し離れたところで立ち止まり、優希がうっとりとスタンリーを見上げる。賞賛の眼差《まなざ》しに気をよくしたのか、スタンリーはどことなく得意げな表情だ。

「スタンリー、うちに住むことになった優希だ。不作法な真似《まね》をするんじゃないぞ」

馬房に近づいてたてがみを撫でてやると、スタンリーが「わかってる」とでも言いたげに鼻を鳴らした。

「おいで、もう少し近寄っても大丈夫だ」

愛馬が落ち着いていることを確認して、タイラーは振り返って優希を手招きした。

優希が笑顔になり、ゆっくりスタンリーに近づく。

「こんにちは、スタンリー」

すぐには手を出さず、優希はスタンリーの顔を見上げた。

馬と対峙《たいじ》するとき、こちらがおどおどすると、馬はそれを敏感に嗅《か》ぎ取る。そういう振舞いは馬を増長させ、信頼関係を築く妨げになってしまう。

観光牧場で働いていただけあって、優希はそのあたりはちゃんと心得ているようだった。決して威圧することなく、それでいて毅然《きぜん》とした態度で、スタンリーを見つめる眼差しは穏やかで優しい。

優希に見つめられて、スタンリーが甘えるように鼻を鳴らして馬房から首を出してきた。

「よしよし……ちょっと触らせてね」

ごく自然な仕草で優希が手を伸ばし、スタンリーの首を軽く撫でてやる。

「驚いたな。スタンリーが初対面の人間に大人しく体を触らせたのは初めてだ」

「そうなんですか？　それは光栄です。僕は動物や子供には好かれやすい質《たち》みたいで」

「確かに、きみには動物の警戒心を取り除く何かがあるみたいだ。ジョーとジャックも、珍しく全然吠えなかったし」

「大人の人間相手だと、なかなかそうはいかないんですけど」

いやいや、きみはこの俺を初対面で骨抜きにしてしまったじゃないか——もう少しで口に出してしまいそうになり、タイラーは口元を引き締めた。

「今日の予定は？」

タイラーが尋ねると、優希がスタンリーを撫でる手を止めて振り向く。

「ゆうべ電話があって、今日の午前中にカルロスさんが車を持ってきてくれることになりました。それを受け取って、ちょっと小学校まで行ってきます。夕方には帰ります」

「じゃあ、夕食の前に少し馬に乗ってみないか」

タイラーの提案に、優希が嬉しそうに頷いた。

「ぜひ。しばらく乗ってないので、すごく楽しみです」

優希の笑顔に、タイラーは心臓が高鳴るのを感じた。

同居二日目にして、これは上々の滑り出しではなかろうか。

「そろそろ朝食の時間だ」

高揚感を押し隠し、タイラーはさりげなく馬房の前を離れた。

◇◇◇

ハーモンヴィル小学校の駐車場に中古のカローラを停めて、優希は腕時計に目をやった。

（クラークソン牧場から車で二十分……思ったより近かったな）

ウィルソン夫妻の離れのように徒歩で通勤できる距離ではないが、町の中心部を通らずに来られるので、渋滞に引っかかることはなさそうだ。

通勤ルートの半分以上が牧場沿いののどかな道というのも気に入った。牧草地で牛が草をはむ風景を眺めながら出勤できるなんて最高だ。

一週間後の意思確認を待つまでもなく、優希の気持ちは決まっていた。

このまま、クラークソン牧場に下宿させてもらいたい。

もちろん、タイラーが構わなければの話だが……。

（ゆうべは緊張してぎこちなくなっちゃったけど、今朝はちゃんと話せた気がする）

今朝の厩舎でのやりとりを思い出し、優希は微笑を浮かべた。

タイラーは幾分口数が多くなり、ゆうべよりも会話が増えた。その上、彼の愛馬スタンリーにも触らせてくれた。

乗馬に誘われたときは、ひどく舞い上がって声が上擦《うわず》ってしまった。

セクシーな無精髭を剃ってしまったのは残念だったが……髭がなくてもタイラーは充分に魅力的だ。

浮き浮きした気分で職員用の通用口から校内に入り、校長のオフィスへ向かう。ガラス張りのオフィスのドアをノックすると、面接のときにも顔を合わせた秘書の女性が笑顔を浮かべて立ち上がった。

「こんにちは、ミズ・ジョーンズ」

「ミスター・カワイケ、ようこそハーモンヴィル小学校へ」

握手をかわし、勧められるままに彼女のデスクの前の椅子にかける。

「エイムズ校長は今ちょっと席を外してます。図書室に新しく購入するパソコンのことで、業者と打ち合わせに。IDカードと駐車許可証、それと、あなたの教室の鍵をお渡ししますね」

「ありがとうございます」

IDカードや鍵の受取証にサインをしていると、優希の手元を見つめていたミズ・ジョーンズが遠慮がちに口を開いた。

「火事のこと聞いたわ。大変だったわね」

「ええ……びっくりしました」

「校長に聞いたんだけど、クラークソン牧場に滞在しているんですって？」

「そうなんです。消火活動に来ていた校長の息子さんがあちこちに電話をかけて居候先を探してくださって、しばらく滞在させてもらえることになりました」

書き終えた書類を手渡そうと顔を上げると、ミズ・ジョーンズの青い瞳が食い入るようにこちらを凝視していた。

「タイラー・クラークソンにはもう会った？」

「ええ、はい」

タイラーの名前に、内心どきりとしながら頷く。

少々大袈裟《おおげさ》な仕草で胸に手を当てて、彼女は長いため息をついた。

「うらやましいわ……あのタイラー・クラークソンと同居できるなんて。彼、すごく素敵でしょう？」

「え？　ええ……」

話が思いがけない方向へ進み、優希はひどく焦った。ここで赤面などしていたら、彼への気持ちを気取《けど》られてしまいそうだ。

「ハーモンヴィルの独身女性のほとんどが、彼と結婚したいと思ってるわ。まあ私は身のほどをわきまえてるから、そんな大それた望みは抱いてないけど。私にとって彼は、そう……

憧れの俳優みたいなものね。手は届かないけど、彼の姿を見るだけで幸せ」

なんと返事していいかわからなくて、曖昧《あいまい》な笑顔を浮かべる。

優希の反応などお構いなしに、ミズ・ジョーンズは堰《せき》を切ったようにしゃべり続けた。

「もちろん、校長の息子さんのウェイドも大人気よ。あのルックスだし、消防士は町のヒーローだし。でもほら、彼ってちょっと遊び人タイプでしょう？　やっぱり結婚するなら誠実な人じゃないとね。タイラーは無愛想だし仕事人間だけど、彼の場合、そういうところも素敵って思っちゃうのよね……」

「……すごくもてるんですね」

「ええ、すごく。なのにここ一年くらい、誰ともつき合ってないみたい。もちろん引く手あまただけど、もしかしたら女性に不信感を持ってるのかもね。なんせ今まで彼がつき合ってきた女性たちときたら……」

タイラーのいないところで彼の女性遍歴を聞くことに罪悪感を覚えつつ、優希はつい身を乗り出してしまった。

ふいに背後でドアの開く音がして、ミズ・ジョーンズがはっとしたように口を噤《つぐ》む。

「やあ、ミスター・カワイケ。待たせて悪かったね」

オフィスに入ってきたエイムズ校長が、にこやかな笑みを浮かべて右手を差し出す。

「いえ、僕も今来たばかりです」

立ち上がって握手に応じながら、優希も慌てて笑顔を作った。

「IDカードと鍵は受け取った？　じゃあさっそくきみの教室に案内しよう」

「はい、あの、どうもありがとうございました」

振り返ってミズ・ジョーンズに礼を言うと、彼女は少々ばつが悪そうに微笑んだ。

「火事のことは災難だったね」

廊下を歩きながら、校長が話しかけてくる。

校長は、ウェイドがそのまま年を取ったようなダンディな紳士だ。ゆったりとした口調や柔らかな物腰のおかげで、面接のときに緊張がほぐれたのを思い出す。

「ええ、でも、息子さんのおかげで助かりました」

「タイラー・クラークソンは今どき珍しいほどの真面目で誠実な青年だ。最初はとっつきにくいかもしれないが、きっとうまくやっていけるよ」

ウェイドと同じようなことを言って、校長が鮮やかな黄色いドアの前で立ち止まる。

「ここがきみの教室だ」

「はい」

期待に胸を膨らませて、優希はもらったばかりの鍵でドアを開けた。

小さな机と椅子、黒板、国旗……色画用紙を切り抜いて作った花や動物が、壁のあちこちに飾られている。自分の小学校時代を思い出し、懐かしさがこみ上げてきた。

「素敵な教室ですね……窓が大きくて明るくて」

「だろう？　ここの棚に教材や備品が入ってる。何か必要なものがあれば、ミズ・ジョーンズに言ってくれ」

「はい」

教員用のデスクの引き出しを開けて中を確認していると、校長がふと思い出したように口を開いた。

「そうそう、うちの学校では年に何度か保護者向けのチャリティパーティや音楽会を開いてるんだ。そういう集まりにタイラーを連れてきてくれるとありがたいんだが」

意外な申し出に、優希は面食らって目を瞬かせた。

「保護者じゃなくてもいいんですか？」

「構わないよ。教員の家族や友人も来るからね」

言いながら、校長が悪戯《いたずら》っぽい笑みを浮かべる。

「我が町随一のモテ男が来るとなれば、お母さんがたや独身の教員たちは大喜びだ。出席率が上がれば寄付の額も上がる」

ミズ・ジョーンズの言葉を裏付けるようなセリフに、優希は内心動揺してしまった。

どうやらタイラーは、優希が思っている以上にもてるらしい。

「……じゃあそのときは誘ってみます」

なんとか笑顔を作ってそう言うと、校長は満足そうに頷いた。

「頼んだよ。じゃあ私はオフィスに戻るから、何かあったら声をかけてくれ」

「はい、ありがとうございました」

教室にひとりになり、ふうっと大きく息を吐く。

窓の外に目を向けると、オレンジ色の花をつけた低木が風に揺れていた。

確かクラークソン邸の中庭に咲いていたのと同じ花だ。帰ったらロレーナに、なんという花か尋ねてみよう。

窓枠にもたれて、しばし鮮やかな色彩の花に見入る。

けれど胸のもやもやは晴れなくて、優希は苦笑しながら窓辺を離れた。

（……まあ、僕がライバル心を燃やしてもどうにもならないんだけど）

ミズ・ジョーンズからタイラーは現在フリーらしいと聞いて、実は内心胸が高鳴ってしまった。

彼がフリーだからといって、自分にチャンスがあると思えるほど能天気ではない。

けれど、心のどこかで期待してしまう気持ちも止められなかった。

こういう気持ちはひどく厄介だ。いっそのこと、タイラーに恋人がいてくれたほうが諦めがついたかもしれない。

頭の中で、タイラーのそばに若い女性が寄り添っているところを想像する。

金髪碧眼《へきがん》の、いかにもテキサス美人というタイプが似合いそうだ。ふたりが一緒に馬に乗っている姿を想像してしまい、胸がちくりと痛む。

（……勝手に想像して嫉妬するなんて、どうかしてる）

小学校の教室にふさわしくない感情を振り払い、優希はショルダーバッグの中からレポート用紙を取り出した。

教員用のデスクの上に広げ、新学期が始まるまでにやらなければならないことを書き連ねていく。

生徒たちの名前を覚えること。性格や学力などを考慮し、席順を決めること。教材に目を通し、授業計画を練ること……。

十項目ほどの〝やるべきことリスト〟を、優希はデスクの横のコルクボードに貼りつけた。

腕を組んで、何か書き忘れたことはないかとリストを睨《にら》みつける。

（いちばんやらなきゃいけないのは、〝タイラーを好きにならないこと〟だな……）

心の中で、リストのいちばん上にそれを書き足す。

しばしタイラーのことは頭から追い出すことにして、優希は棚から取り出した算数の教科書を広げた。

◇◇◇

夕方、タイラーはいつもよりも早めに仕事を切り上げて母屋に戻った。

裏口から入り、マッドルームで汚れたブーツを脱ぐ。

泥落とし用の部屋という意味のマッドルームは、キッチンの隣の家事室と続きになっていて、洗面台も備えてある場所だ。ときには全身泥だらけになることもあるので、ここで汚れた服を着替えることができるよう、着替えも用意してある。

タイラーがワークシャツのボタンを外していると、誰かが裏口のポーチの階段を上がってくる音が聞こえてきた。

ロレーナかカウボーイの誰かだろうと気にもとめずにシャツを脱いだところで、裏口のドアがゆっくりと開く。

「……あっ、す、すみません……っ」

ドアを開けたのは優希だった。

上半身裸のタイラーを見て瞬時に赤くなり、慌てて踵《きびす》を返して出て行こうとする。

「いや気にしないでくれ、全然」

タイラーもうろたえて、慌ててシャツを羽織り直す。

「すみません、ロレーナに、普段の出入りはこちらを使っていいと聞いたもので……」

戸口で背中を向けたまま、優希が消え入りそうな声で呟く。

形のいい耳が赤くなっていることに気づき、タイラーは全身の血がざわめくのを感じた。

「ああ、もちろん。その、ときどきここで汚れたブーツや服を脱ぐけど、真っ裸にはならないから」

我ながら間の抜けたセリフだ。こういうときウェイドならもっと気の利いたことを言えるだろうに、己《おのれ》のユーモアのセンスの欠如が恨めしい。

「では、遠慮なく……」

おそるおそるといった様子で、優希が視線を上げる。タイラーがシャツを羽織っていることを確認して、せかせかした足取りでマッドルームを通り抜ける。

「優希」

シャツの前を手でかき合わせて、タイラーは優希を呼び止めた。

「はい」

優希が振り返るが、視線は宙をさまよっていた。

「えーと、これ着替えたら、厩舎で待ってるから」

「はい……僕も着替えてすぐ行きます」

そう言って、優希は足早に去っていった。

その場に立ち尽くし、タイラーはため息をつきながら天井を見上げた。

乙女《おとめ》のようにシャツの前をかき合わせている自分が滑稽で、喉《のど》の奥から笑いがこみ上げてくる。

けれど、これはいい傾向ではないだろうか。

裸を見てもまったく反応がないよりも、あんなふうにうろたえたり赤くなったりするほうが、脈がありそうな気がする。

急いで手と顔を洗い、白いTシャツに着替える。予備のブーツに足を押し込み、タイラーは意気揚々と厩舎に向かった。

セレステに鞍《くら》をつけていると、ほどなく優希も厩舎の入口に現れた。

「お待たせしました」

優希の視線が定まらないのは、先ほどの一件を意識しているせいだろうか。

照れているのだとしたら、すごく嬉しい。

それにしても、洗いざらしのチェックのシャツにすり切れたジーンズ、履き古したスニーカーという格好なのに、どうしてこんなに魅力的なのだろう……。

「……いや、ちょうど鞍をつけたところだから」

無意識に優希の全身を舐めるように見まわしていたことに気づき、タイラーは少々ばつの悪い思いで視線をそらした。

馬房からセレステを出して、優希に手綱を渡す。

「手伝わなくて大丈夫？」

「はい、大丈夫です」

スタンリーの馬房に向かいかけたところで、タイラーは柱に引っかけておいた帽子のことを思い出した。

「この時間でもまだ日差しが強いから、帽子を被ったほうがいい」

振り返り、白いカウボーイハットを優希の頭に軽く乗せる。

そのとたん、優希が弾《はじ》かれたようにあとずさりした。

思いがけない反応に、タイラーもぎょっとしてその場に固まる。

数秒間、ふたりの間に奇妙な——そして緊迫した空気が漂った。

「……ありがとうございます。お借りします」

帽子を被り直して、優希が笑顔を作る。しかしぎこちなさは拭いきれず、気まずそうに下を向く。

「……ああ。いや、よかったらそのまま使ってくれ」

スタンリーが催促するように鼻を鳴らしたので、タイラーは馬房へ向かった。

今の優希の反応は、照れているというよりも怯《おび》えているのではないか。

そのことに気づいて、タイラーはどんよりと気分が沈んでいくのを感じた。

優希にとって、自分の第一印象はさほどいいものだったとは思えない。きっと、無愛想でとっつきにくいと思われている。その上、廊下やマッドルームを半裸でうろつく野蛮人だ。

(それなのに俺ときたら、脈があるんじゃないかと勘違いしてしまった)

己の思い込みが恥ずかしい。

せめてこれ以上悪い印象を与えないように、よりいっそう紳士的に振る舞わなくては。

「さあスタンリー、おまえの大好きなセレステと散歩だ。頼むから行儀よくしててくれよ」

愛馬に言い聞かせながら、タイラーは自分にも同じことを言い聞かせた。

さほど上手でないなどと言っていたが、優希の乗馬の腕はなかなかのものだった。乗馬教室のお手本通りのような乗り方に、生真面目な性格が表れている。

「一年近く乗ってないので、ちょっと練習させてください」

それでも不安があるようで、優希は厩舎の裏にある調教用の丸い囲いを指さした。

「ああ、もちろん」

囲いの外で、タイラーは優希の姿に目を細めた。

これはなかなかいいシチュエーションだ。これなら好きなだけ優希を凝視しても不審がられない。

心配そうに見守るふりをして、タイラーは優希の細い体が躍動するさまをじっくりと堪能した。

まずは常歩《なみあし》で二周ほどまわり、速歩《はやあし》に切り替える。

長年馬に乗っているタイラーの目から見て、優希の乗馬能力はまったく問題なかった。

手綱をほとんど使わず、足や重心の移動で馬に合図を伝えるやり方も好感が持てる。

それでも本人は心配なのか、ひどく慎重だ。用心深くて警戒心が強い性格なのだろう。

(多分、恋愛に関しても慎重なタイプなんだろうな)

人間観察力に優れているわけではないが、彼と接しているとそう感じる。

ひょっとして、過去に苦い恋愛を経験をしたのだろうか。

いや、むしろまったく経験がないからこそ、臆病《おくびょう》な小動物のように身構えているのかもしれない——。

いつのまにか眉間《みけん》に皺《しわ》が寄っていたことに気づいて、タイラーは苦笑した。

これまで交際相手の過去ですら気にしたことがなかったのに、優希に関してはあれこれ気にしすぎだ。

「優希、そのまま囲いの外に出ておいで」

タイラーが声をかけると、優希は素直に頷いて囲いの外へ出てきた。

スタンリーに跨《また》がり、帽子を目深《まぶか》に被り直して前方を指さす。

「あそこに大きな木が見えるだろう。まずはあそこまで駈歩《かけあし》だ」

「はい」

優希が、頬を紅潮させて頷く。久々の乗馬に興奮しているらしいのが伝わってきて、タイラーも顔をほころばせた。

◇◇◇

机の前に座って、優希は満ち足りた表情で小さく息をついた。

ノートパソコンを開き、電源を入れる。

――夕食の前に、タイラーと一時間ほど乗馬を楽しんだ。

久々に馬の背中に揺られた充実感、ほんの少しの筋肉痛、そして何より、タイラーとふたりきりで過ごした高揚感――。

タイラーは、優希が楽しめるようにいろいろ気を使ってくれた。牧場の施設を案内してくれたり、馬を走らせるのにちょうどいいルートを教えてくれたり。

『春にはこの野原一面にブルーボネットが咲くんだ』

ダイニングルームの窓からも見える大きな木のそばで馬を止めて、タイラーは地面を指さした。

『ブルーボネット……？』

『そう、テキサスの州花。見たことない？』

『ええ、見たことないです』

優希が答えると、タイラーがこともなげに言った。

『じゃあ、来年の春が楽しみだな』

タイラーの言葉を思い出して、胸がじんわりと熱くなる。

来年の春も、優希がここに住んでいるのが当たり前のような口調だった。

インターネットの検索画面を開き、ブルーボネットを検索する。ヒットした写真に、優希は思わず笑顔になった。

こんな綺麗な花が野原一面に咲くなんて、今から楽しみで仕方ない。

(そういえば、昔愛読してたテキサスの牧場の本にも野原に青い花が咲いてる絵があったっけ……もしかしたらブルーボネットだったのかな)

メールソフトを開いて、ロサンゼルスの母親宛にメールを書く。

今日、小学校に行って教室の鍵をもらったこと、クラークソン牧場で久々に乗馬を楽しんだこと。最後に、本棚の中から『リトル・カウボーイ』を探して送って欲しいと書き添えて、メールを送信する。

パソコンの電源を切って、優希はお気に入りの籐の肘掛け椅子に移動した。

深々ともたれて目を閉じると、タイラーの姿が鮮やかに浮かび上がる。

黒馬に跨るタイラーは、惚れ惚れするほど素敵だった。

白いTシャツに色褪《いろあ》せたジーンズという格好が逞しい体を引き立てて、黒いカウボーイハットを目深に被った姿は、まるで映画スターのようで……。

タイラーの姿を思い浮かべてうっとりする自分を、もうひとりの自分が渋い顔をして見つめている。

これ以上彼を好きにならないようにしようと決意したばかりなのに、早くも決心は揺らいでいた。

それにしても、白いTシャツというのは少々セクシーすぎやしないか。薄い布地が厚い胸板にぴったりと貼りついて、彼の姿が視界に入るたびに優希はどぎまぎしてしまった。

——馬に跨ったまま、タイラーがゆっくりとTシャツを脱ぎ捨てる。

マッドルームで目にしたばかりの逞しい上半身が、馬の動きに合わせて雄々しく躍動する。

青い花が咲き乱れる野原で、馬からひらりと飛び降りた彼が、ゆっくりとこちらに向かってくる。彼の大きな手が、ジーンズのベルトのバックルにかけられて——。

「……っ」

慌てて目を開けて、優希は不埒《ふらち》な妄想を振り払うように首を左右に振った。

タイラーの裸を思い浮かべるなんて、どうかしている。彼は同じ屋根の下に住む大家であって、マスターベーション用のポルノ動画の俳優とは違うのだ。

(僕はなんて破廉恥《はれんち》な……)

――大学時代の苦い思い出がよみがえる。

ゲイであることは親しい友人にも打ち明けていなかったのだが、ある日同じ寮に住む男子学生に指摘されてしまった。

『優希、もし間違ってたら悪いんだけど……もしかしてきみもゲイなの?』

彼とはさほど親しくしていたわけではない。堂々とカミングアウトし、LGBTのサークルで積極的に活動する彼とは、どちらかというと距離を置いていた。

ここではっきり否定しなくては、彼の指摘を認めてしまうことになる。けれどどうしても嘘《うそ》がつけなくて、優希は話をそらすことにした。

『……なぜそう思うんです?』

『いつも似たようなタイプの男を目で追ってるから。イーサン・キャンベル、ダレン・スミス、コナー・マクドネル……』

図星を指されて、優希は真っ赤になってしまった。

彼が挙げた名前には、皆心当たりがあった。長身で逞しくて男くさい、優希の好みのタイプばかりだ。

『心配しなくても誰にも言わないし、カミングアウトを強要するつもりもないよ。だけど、隠し続けるつもりならもう少し気をつけたほうがいい。きみはなんていうか、すごく素直で……好みのタイプを見るときの目に、それがはっきり表れちゃってるから』

つまり、物欲しげな目つきで見ていたということだ。

彼らのことが好きだったわけではなく、単にルックスが好みなだけだったのだが、自分でも気づかないうちにあからさまな視線を送っていたらしい。

自覚がなかったので、彼の指摘は衝撃だった。今でも思い出すと恥ずかしくて消え入りたくなる。

タイラーにだけは、淫らな妄想をしていることを気づかれたくない。

(……今日はちょっと危なかった)

マッドルームで上半身裸の彼と鉢合わせしたときと、厩舎で頭に帽子を乗せられたとき、ひどく動揺してしまった。

あまり大袈裟に反応しないよう気をつけているのだが、不意打ちを食らうとどうしても素に戻ってしまう。

これまで以上に気をつけなくては。

籐の椅子から立ち上がり、優希は心を覆い隠すようにカーテンを引いた。

# 3

その日は朝から快晴だった。

真っ青な空の下、地平線まで続く牧草地を、優希と並んで馬で駆け抜ける。

今日は優希を交易路の跡地に案内することになっている。ちょうど仕事が一段落して暇になったので、牧場はカウボーイたちに任せてタイラーは休みを取ることにした。

交易路の跡地まで、馬で約四十五分。途中で休憩を挟んでも一時間ほどでたどり着くので、ピクニックにはちょうどいい距離だ。

草原を吹き抜ける風が、汗ばんだ肌に心地いい。毎日仕事で馬に乗っているが、こんなふうに純粋に楽しむための乗馬は久しぶりのことだ。

十歳の誕生日に、父親から初めて自分専用の仔馬を贈られたときのことを思い出す。

あの頃は、毎日学校から帰ると真っ先に厩舎に向かったものだ。父親たちの仕事の邪魔にならないように牧草地を駆けまわり、休日には交易路の跡地まで遠出し……ついには学校にも馬で通いたいと言い出して両親を困らせた。

あのときの馬――チェルシーは数年前に死んでしまったが、その血はセレステに受け継がれている。セレステの大人しくて素直な性格は母親譲りで、ときおりタイラーは、セレステの中にチェルシーの面影《おもかげ》をありありと感じることがある。

隣を走る優希が少し遅れ始めたことに気づいて、スタンリーのスピードを緩める。

ちらりと優希のほうを見やると、紅茶色の瞳と視線がぶつかった。

「休憩しなくて大丈夫か？」

「ええ、僕は大丈夫です」

優希が笑顔で頷く。心から楽しんでいるらしく、表情も声も弾むように明るかった。

「目的地まであと一キロくらいだ」

「じゃあもうすぐですね」

「全速力でいってみるか？」

タイラーの提案に、優希が大きく頷く。

「よし、じゃあ競争だ」

「僕は初心者なのでハンデもらいます。お先に」

優希がカウボーイハットの縁をちょっとつまんで、にっこりと微笑んでみせる。

凛《りん》とした掛け声とともにセレステがぐんぐんスピードを上げ始め、タイラーは半ば呆気《あっけ》にとられてその後ろ姿を見つめた。

（なかなかやるじゃないか）

大人しくて控えめな優希にも勝ち気な部分があることを発見して、タイラーは唇に笑みを浮かべた。こんなふうに茶目っ気を見せたのも初めてで、それが親しくなった証《あかし》のようで嬉しい。

しばし優希の勇ましい後ろ姿を堪能してから、スピードを上げる。

白いカウボーイハット、デニムのシャツとジーンズ、真新しい革のブーツというなんの変哲もない格好なのに、白馬に跨る優希はまるでどこかの国の王子さまのようだ。

本気で追いかければ、スタンリーはすぐにセレステに追いついてしまう。それは優希も多分わかっているのだろう。

セレステに追いついて横に並ぶと、優希が声を立てて笑った。戯れの競争だと承知の上で楽しんでいるらしい。

「初心者とは思えない走りっぷりだ」

大きな声で叫ぶと、優希も叫び返す。

「セレステが優秀なんでしょう」

「きみは謙遜《けんそん》がうまいな」

「よく言われます」

そう言って、優希が再びスピードを上げる。

互いに抜きつ抜かれつしながら、ふたりは目的地を目指して疾走《しっそう》した。

やがて前方に木立が見えてくる。牧草地より少し低くなった場所に小川が流れ、そのまわりを低木の繁みが取り囲んでいるのだ。

「あそこですか？」

少し先を走っていた優希が、振り返って尋ねる。

「そうだ」

小川が見えてくると、優希が感嘆の声を上げるのが聞こえた。競争のことなどすっかり忘れたらしく、スピードを緩めて頬を紅潮させながら草原の中のオアシスを見つめている。

優希の反応に、タイラーは満足げに笑みを浮かべた。

ここはクラークソン牧場の中でいちばんお気に入りの場所だ。きっと優希も気に入ってくれるだろうと思っていた。

「小川沿いに道があるだろう。あれが古い交易路だ。隣の牧場まで続いている」

言いながら、タイラーはなだらかな傾斜を下って小川の縁で馬から下りた。

あとからついてきた優希も馬から下りて、小川のせせらぎに再び感嘆の声を上げている。

スタンリーとセレステが、仲良く並んで水を飲み始める。長いロープで二頭の馬を低木の枝に繋ぎ止めて、タイラーは優希を手招きした。

ふたりで交易路の真ん中に立って、地平線の彼方へ視線を向ける。

「上流の方向は、残念ながら道が途切れてる。祖父がこの土地を手に入れたとき、既に雑草に覆い尽くされていたそうだ。で、下流の方向も、隣の牧場までは続いているが、その先は途切れて雑木林になってる」

「それでも、これだけ残ってたらすごいです……二百年前、この道を荷馬車が通ってたんですね……」

遠い過去に思いを馳《は》せるように、優希が目を細める。

「大きな交易路はその後国道になってるが、ここはマイナーな道だったんだろうな。おかげで開発を免れて、今もこうして開拓時代の名残を味わうことができる」

「…………」

返事がないので振り返ると、優希は目を閉じて口元に微笑を浮かべていた。

優希が何をしているのかわかって、タイラーの唇にも笑みが浮かぶ。子供の頃、タイラーもこうやって古い時代の情景を思い浮かべたものだ……。

ほうっと小さくため息をついて、優希が目を開けた。

「ここは本当に素晴らしい場所です。小川のせせらぎが聞こえて、草原を風が渡る音が聞こえて……」

「それに、目を閉じると交易路を行き交う荷馬車の音も聞こえるだろう？」

タイラーのセリフに、優希が面食らったような表情になる。考えていたことを言い当てられて驚いたのだろう。

「……ええ、ばっちり聞こえました」

「賛同者が現れて嬉しいよ。弟やウェイドは、そんな音は聞こえない、幻聴だって言うんだ」

「幻聴はまずいですね」

「ああ、やばい。ドラッグでもやってるのかと疑われるから、最近はそういうことを言わないようにしてる」

「あはは」

優希が可笑《おか》しそうに笑う。

初めて聞く軽やかな笑い声は、まるで澄んだ鈴の音のようだった。

お気に入りの場所で優希とふたりきり、こうして打ち解けて話をしているだけで、胸が温かく満たされてゆく。今まであまり考えたことがなかったが、これこそ幸せという感情ではないだろうか……。

ふいに優希が、困惑したように視線を泳がせる。

無言で優希を凝視していたことに気づいて、慌ててタイラーも視線を横にずらした。

「……ランチにしようか。ロレーナがサンドイッチを作ってくれたんだ」

「そうですね、お腹《なか》ぺこぺこです」

「あそこの木陰に行こう。眺めがいいんだ」

高揚する気持ちを抑えながら、タイラーは優希を小川を見下ろせる木陰に誘った。

今の時期、このあたりには放牧をしていないので、カウボーイたちもやってこない。つまり誰にも見られる心配がない。

晩夏の昼下がり、木陰で優希と裸で抱き合って愛を交わすことができたら、どんなにいいだろう……。

(何を考えてるんだ、俺は)

不埒な考えを振り払おうと努力するが、瞼には優希のしどけない姿が浮かぶばかりだった。

デニムのシャツを毟《むし》り取り、細い腰に巻かれたベルトを引き抜き、柔らかな下草の褥《しとね》に押し倒し……。

「本当だ、ここ、すごく眺めがいいです」

木陰に立って、優希が歓声を上げる。

我に返って、タイラーは熱くなり始めた体を戒めた。

せっかくいい雰囲気なのに、鼻息荒く欲望を露にしてはぶち壊しだ。

このピクニックの最大の目的は、優希との距離——体ではなく、心の距離を縮めることなのだから。

(いいか？　大人しく、いい子にしてろよ)

己の股間《こかん》に言い聞かせ、タイラーは笑顔を作ってランチの入ったバスケットを運んだ。

「ごちそうさまです。すごく美味《おい》しかった」

ローストビーフと野菜のサンドイッチ、ほうれん草のキッシュ、デザートのアップルパイを平らげて、優希は満足そうに手を合わせた。

「ああ、外で食べるといつも以上に美味《うま》いな」

優希は普段はびっくりするくらい小食だが、青空の下でのランチは食が進むらしく、いつもよりも食欲旺盛《おうせい》だった。

(今度、中庭でバーベキューをしよう)

星空の下でのバーベキューも、優希の食欲を刺激してくれそうだ。

優希はもう少し肉をつけたほうがいい。細すぎて、今にも倒れてしまいそうで心配になる。

(手首なんか、俺が握ったら折れそうだし)

アイスティを飲む優希を、ちらりと盗み見る。

腕まくりしたデニムのシャツから、白くてほっそりした腕が覗いている。視線はついついシャツの襟元《えりもと》から覗く鎖骨や首筋へと這《は》い上がり……小さな喉仏がなまめかしく動くさまに見とれてしまう。

華奢だが、決して子供っぽくはない。むしろ青年らしい色気を存分に湛《たた》えている。

初々《ういうい》しさの中にはっとするようななまめかしさがあって、それに気づくたびにタイラーはくらくらと目眩に似た症状に見舞われる。

「何年生を受け持つんだ？」

不適切な考えを追い払おうと、タイラーは生真面目な表情で尋ねた。

「二年生です」

「ああ、まだ可愛《かわい》い年頃だな。これが三年生とか四年生になると、だんだん生意気になってくる」

「ええ、僕にも覚えがあります」

「きみが生意気だった時代があるなんて信じられないな」

「生意気だったと思いますよ。本の虫だったからいろいろ物知りで、先生を質問攻めにして困らせたり。なかなか友達ができなくて、話し相手がいなかったから、先生にまとわりついてました。先生はそういうのちゃんとわかってるんですよね……。僕の質問攻めに嫌な顔ひとつせずにつき合ってくれました」

「いい先生に巡り会えたんだな」

「そうですね……僕は恵まれていたと思います」

その言い方に少々引っかかりを感じ、タイラーは促すように首を傾げた。

それに気づいた優希が、苦笑しながら肩をすくめる。

「僕は恵まれてたんですけど、妹はそうではなくて……。小学校でいじめられたときに先生が力になってくれなくて、結局転校することになってしまって」

「それは残念だったな」

「ええ。僕も内気な性格だったので、よくからかわれたりしてたんですよ。だけど先生が常に目を配ってくれて、いじめに発展させなかった。今でもすごく感謝してます」

「教師を目指したのは、それがきっかけ？」

「はい。あと、子供に勉強や工作を教えるのが得意なんです。わりと我慢強いほうなんで」

「確かに子供に何かを教えるには忍耐が必要だ。俺には五歳の甥《おい》っ子がひとりいるんだが、これがなかなか手強い。ほんと、一筋縄じゃいかないんだ」

優希が頷いて、くすくす笑う。

「末の弟が年が離れてるので、よくわかります」

「弟もいるんだ。三人きょうだい？」

「ええ、妹は大学生で、弟はまだ十二歳です」

「うちは弟がひとり。ヒューストンで内科医をしてる。弟の妻も医者で、彼らのひとり息子がさっき言った甥っ子だ。両親が忙しいもんだから、夏休みや春休みはうちで預かることが多くて、きみが来るちょっと前までうちにいたんだ」

「子供にとって、ここはパラダイスでしょうね……」

「ああ。馬に乗るにはまだ早いが、ジョーとジャックがいい遊び相手になってくれたよ。そうだ、今度の長期休暇にはきみの弟も呼んだらいい。十二歳ならもう馬に乗れるだろうし」

「…………」

タイラーの提案に、優希が戸惑ったような表情で黙り込む。

何かまずいことを言っただろうかと自分の発言を振り返り、タイラーははっとした。

ウェイドの意思確認は明日だ。

タイラーの気持ちはとっくに固まっているが、優希も同じ気持ちでいるとは限らない。

（ここで一押しするべきか？）

普段は押しつけがましい態度は取らないようにしているが、もし優希が迷っているのなら、こちらに気持ちを引き寄せたい。

人生には、ときに強引に出るべき場面がある。今がまさにそのときではないか――。

「明日のウェイドの意思確認のことだが」

呼吸を整えて、思い切って切り出す。

優希の紅茶色の瞳に、緊張の色が浮かぶのがわかった。

「その……俺としては、きみに、このままうちにいて欲しい」

一語一語区切るように言ってから、言葉が少々重すぎたかと後悔する。もっと軽く、「ウェイドに聞かれる前に、こっそり打ち合わせしておかないか」などと冗談めかして切り出せばよかったかもしれない。

優希の白い頬がみるみる赤くなり……薄桃色の唇が柔らかくほころんだ。

「ええ……僕もぜひ、そうしたいです」

優希の言葉に、胸の中で高らかに鐘が鳴り響いた。

ガッツポーズしたい気持ちを抑え、できるだけクールに見えるように微笑んでみせる。

「よかった。意見が一致した」

「ええ、安心しました。その……ここは本当に素敵な牧場ですし、ロレーナの料理もすごく美味しいし」

「ロレーナも喜ぶよ。きみのことを気に入ってる」

もちろん俺も、と付け加えるべきかどうか、タイラーは迷った。

恋愛に発展させるには、こういう機会にほのめかしておいたほうがいいような気がする。

それとも、告白めいた言葉は相手を警戒させてしまうだろうか……。

「嬉しいです。それであの、家賃のことですが」

迷っているうちに言いそびれてしまい、タイラーは苦笑しながら現実的な話題に向き合うことにした。

ベッドに横たわったタイラーは、大きくため息をついて寝返りを打った。ナイトテーブルの上の目覚まし時計は午前零時を指している。普段なら、ぐっすり眠っている時間だ。

目が冴《さ》えて眠れないのは、やはり昼間のピクニックのせいだろう。

もう一度寝返りを打って目を閉じると、優希の笑顔が鮮やかに浮かび上がる。

——ピクニックは大成功だった。互いのことをいろいろ話して前より打ちとけた雰囲気になれたし、ウェイドの意思確認を待たずに同居を続行することも決まった。

いくら牧場が素晴らしくてロレーナの料理が最高でも、家主である自分のことが苦手だったら、優希はさっさと別のアパートを探しただろう。ここに住み続けたいということは、少なくとも嫌われてはいないはずだ。

『ええ……僕もぜひ、そうしたいです』

頬を染めて頷いたときの優希の表情がよみがえり、ごくりと唾を飲み込む。

あんな顔を見せられては、自分に気があるのではないかと期待してしまいそうになるではないか……。

(いやいや、優希が赤くなるのはシャイだからだ。特別な意味があるなどと勘違いするな)

キングサイズのベッドに仰向けになり、両手両足を広げて大きく息を吐く。

——ランチのあと、タイラーは優希を水遊びに誘った。

『ここは泳ぐには浅すぎるが、足を浸けるだけでも気持ちいいんだ。ちゃんとタオルも用意してきた』

『ここを見たときからそうしたいと思ってました』

子供のように瞳をきらめかせて、優希はブーツと靴下を脱いで裸足《はだし》になり、ジーンズの裾《すそ》を捲り上げた。

なまめかしい素足が露になり、タイラーはひどく動揺してしまった。

裸になるわけではないし、裸足になって水遊びをするくらいなら安全だろうと高をくくっていたのだが、優希の素足は予想外の威力でタイラーの理性を粉砕した。

『うわ、思ってたより水が冷たい』

無邪気に歓声を上げながら浅瀬を歩く優希を目で追いながら、タイラーも鼻息荒くブーツと靴下を脱ぎ捨てた。

自分ひとりならシャツもジーンズも脱ぎ捨てて下着一枚の格好でも構わないのだが、優希がいるのでそういうわけにもいかない。

(下着一枚になったら、欲情してるのがばればれになるしな)

目を閉じて、しばし不埒な妄想に耽る。

——小川の縁で服を大胆に脱ぎ捨てて、ボクサーブリーフ一枚の姿になる。

振り返った優希が、驚いたように目を見開き……。

『子供の頃は、こんなふうにパンツ一枚になって遊んだものだ』

『……そうなんですか』

ざぶざぶと音を立てて水の中に入り、赤くなって目をそらす優希に近づいてゆく。

『あ……っ』

川底の石で滑ってバランスを崩した優希を、さっと腕を伸ばして抱き支える。

背中に手をまわして抱き寄せると、優希がはっとしたように体を震わせた。

『ああ、すまない。きみの素足があんまり綺麗なものだから、興奮してしまったようだ』

己の下着を猛々《たけだけ》しく突き上げる牡の象徴を見下ろして、困ったような笑みを浮かべてみせる――あくまでも紳士的な態度で、余裕のある大人の男の魅力を漂わせつつ。

『……いえ、気になさらないでください』

真っ赤になって、優希が屹立《きつりつ》から目をそらす。

『きみも興奮してるみたいだな。ジーンズの前がきつそうだ』

『あん……っ』

控えめな膨らみにそっと触れると、優希が恥ずかしそうに身をよじる。

けれど、嫌がってはいない証拠に、タイラーの手を振り払おうとはしなかった。

『このままでは汚してしまう。服を脱いだほうがいい』

『はい……』

優希が頬を染め、おずおずとジーンズのベルトを外し……。

――息を荒らげて、タイラーは下着ごとパジャマのズボンを脱ぎ捨てた。

罪悪感を覚えつつも、興奮した分身を擦《こす》る手が止まらない。

妄想の中で、優希はタイラーの手に勃起《ぼっき》したペニスを擦りつけてきた。

『……も、もっと触って……っ』

『触るだけでいいのか？』

『あ……っ、お願い、ファックして……っ』

『そんな言葉を口にするなんて、いけない先生だ』

淫らにセックスをねだる優希を、タイラーは宥《なだ》めながら抱き上げた。

小川のそばの木陰に運び、柔らかな下草の上にそっと下ろす。

『タイラー、僕もう我慢できない……っ』

「俺もだ、優希……！」

自ら足を広げて挿入をねだる優希を思い浮かべ、タイラーは硬くそそり立った男根をしごいた――。

◇◇◇

バスタブに張った湯に浸かり、優希は小さく息を吐いた。

筋肉痛で体のあちこちが痛いが、久々の遠出の疲労感は心地いい。

——楽しい午後は、あっというまに過ぎていった。

木陰でタイラーとランチを食べて、小川で水遊びに興じ、帰りは少し迂回《うかい》して牛が放牧されている場所を見てまわり……。

今日はタイラーのことをいろいろ知ることができた。

茶色だと思っていた瞳は、明るい日差しの下で見ると少し緑がかった榛色《はしばみいろ》であることが判明した。水遊びをするためにジーンズを捲り上げると脛《すね》に大きな傷跡があり、子供のときに落馬してできた傷だと教えてくれた。

そして何より、彼といろいろ話ができたのがよかった。

家族のこと、仕事のこと……同居を続けるかどうかについての話も、ウェイドを介してでなく、直接意思を確かめ合うことができた。

テキサス訛《なま》りのゆっくりしたしゃべり方は耳に心地よく、優希はうっとりと彼の話に聞き入った。あの声で耳元で囁《ささや》かれたら、どんなに素晴らしいだろう……などと、不埒なことを考えつつ。

「…………」

ずるずるとバスタブにもたれて、顎まで湯に沈み込む。

こみ上げてきた自己嫌悪の苦い味に、優希は眉根を寄せた。

タイラーは火事で住む場所に困っていた自分にこんなに親切にしてくれているというのに、自分ときたら彼を不純な目で見ている。

今日も、彼の逞しい体に何度も見とれてしまった。

小川での水遊びに童心に返ってはしゃいだのも束《つか》の間《ま》、タイラーがブーツを脱いでジーンズの裾を捲り上げたとき、自分がもう純真な子供ではないことを思い知らされた。

筋肉のついた逞しい脹《ふく》ら脛《はぎ》、骨張った大きな足……瞬く間に官能を刺激され、慌てて優希は目をそらした。

一度意識してしまうと、ウエスタンシャツに包まれた広い肩や厚い胸板、ジーンズの下の長い足やがっちりした腰が気になって、水遊びどころではなくなってしまった。なるべく彼のほうを見ないように水遊びに集中しようと努力したものの、ずっと背後のタイラーを意識しっぱなしだった。

幸い水遊びは何ごともなく無事に終わったが、もしもあのとき自分が川底の石に足を滑らせたりしたら、きっと彼は親切に助け起こしてくれたことだろう。

「……っ」

大きな手に腕を摑まれ、がっちりと腰を支えられるところを想像して、優希はぶるっと体を震わせた。

妙な妄想を振り払おうと、湯船の中で小さく体を丸める。

けれど優希の意思とは裏腹に、立てた膝の間でペニスの形が変化し始めていた。

（だめだ……タイラーのことを想像しながらするなんて）

必死で堪《こら》えようとするが、欲望は募るばかりだった。

小さく呻《うめ》き、脚の間で揺れるものを戒めるようにぎゅっと握る。

「あ……っ」

手荒な扱いにもかかわらず、敏感な器官は待ちわびていたように一気に硬さを増した。

（だ、だめ……っ）

思い出してはいけないと思いつつ、水遊びのときに密かに盗み見たタイラーの牡の象徴の部分が鮮やかによみがえってしまう。

色褪せたジーンズの股間は、どっしりとした質感を湛えていた。

布地の下にあるものの大きさや形を想像してしまった自分を恥じ……そのあとしばらく優希はタイラーの顔を見ることができなかった。

「……んっ、……あ……っ」

声を殺しながら、性急な手つきでペニスをしごく。

快感はなかなか高まらなかった。上りかけては引き、もやもやとした欲求不満が下半身にわだかまる。

——自分でもよくわかっている。この方法では、滅多に絶頂に上り詰めることができなくなってしまった。

（……あ……っ）

本来性器ではない場所がずくずく疼《うず》き、指での愛撫《あいぶ》を要求する。

おずおずと、優希は陰嚢《いんのう》の後ろへ手を伸ばした。

蟻《あり》の門渡《とわた》りをたどり、禁忌の蕾《つぼみ》へ指を這わせる。

「……っ」

そこに触れたとたん、体がびくりとしなった。

タイラーの寝室とは離れているので声を聞かれる心配はないだろうが、この家の主人を思い浮かべながら破廉恥な自慰をしているのが後ろめたくて、声を漏らさないように歯を食いしばる。

（あ……タイラーの……入れて欲しい……っ）

罪悪感に苛《さいな》まれながら、優希は甘美な快感を貪《むさぼ》った——。

# 4

――金曜日の夕刻、牧草地沿いの長い道を、青いカローラが軽やかに走り抜けていく。

心地いい風に吹かれながらハンドルを握っていた優希は、カーラジオから流れてきた曲にはっとした。

初めてクラークソン牧場へ連れてきてもらったとき、ウェイドの車で流れていたカントリーソングだ。ＤＪの紹介によると、カントリー界期待の新人のデビュー曲らしい。

あのときは陽気なメロディと歌詞にとても共感できる気分ではなかったが、今はまさにこの歌を口ずさみたい気分で、自然と口元が緩んでくる。

――新学期が始まって一週間。

初日は緊張でがちがちになっていたが、生徒たちの顔と名前を覚え、教師という仕事にも少し慣れてきて、ようやく肩の力が抜け始めたところだ。

この一週間、毎日が驚きと発見の連続だった。

子供たちの思いがけない行動や質問にたじたじとなったことも、一度や二度ではない。

算数や綴《つづ》りを教え、騒いだりふざけたりする子を注意し、何か困っている子はいないか目を配り……。

幸い同じ二年生のクラスを受け持っている同僚教師は、ふたりとも経験豊かで気さくなタイプだった。算数は三クラス合同で習熟度別に三つのグループに分けて教えるのだが、新人の優希をいちばん手のかからないグループに配置してくれたり、教材の使い方のアドバイスをしてくれたり、このふたりには何かと助けられている。

前方にクラークソン牧場が見えてきて、幹線道路から側道へ入る。

地平線の向こうに太陽が沈んでいく光景を眺めながら、優希は帰り際にクラスの生徒が言ったセリフを思い出して笑みを浮かべた。

『私……月曜日まで先生に会えないのがすごく寂しい』

ひとりひとりに声をかけて教室から送り出した際、はにかみ屋の少女が小さな声で優希にこう告げたのだ。

その言葉に胸がいっぱいになって、優希は『僕もだよ』と返すのが精一杯だった。

彼女は自分の子供時代を思わせる内気で引っ込み思案な子供で、教室ではほとんど口を開くことがない。学校に馴染めないのだろうか、それとも新任の教師のことを警戒しているのだろうかと気にしていたのだが、その一言で、彼女が決して教室で居心地の悪い思いをしているわけではないと知って安堵した。

いつものようにクラークソン牧場のゲートをくぐり、母屋の裏の空き地に車を停める。

エンジンを切って車から出ようとすると、厩舎のほうからタイラーが歩いてくるのが見えた。

カウボーイハットを目深に被り、肩には束ねたロープを担いでいる。夕陽を背に悠々と大股で歩くさまは、まるで西部劇のワンシーンのようだ。

こっそりと見とれていると、どこからともなくジョーとジャックがタイラーを目がけて駆け寄ってきた。

二匹のシェパードが嬉しそうに尻尾《しっぽ》を振って、タイラーのまわりをぐるぐると駆けまわる。

タイラーが屈《かが》んで二匹を代わる代わる撫でてやっているが、両側から足元にまとわりつかれて少々歩きにくそうにしているのが微笑ましい。

その光景に、優希はふと既視感を覚えた。

（あれ？　これって、前にもどこかで見たような……）

バイトしていた観光牧場に犬はいなかった。映画かドラマで見たシーンかと思ったが、それも違う気がする。

しばし考えて、『リトル・カウボーイ』の中にそんな場面があったことを思い出す。

挿絵に描かれていた犬がシェパードだったかどうか思い出せないが……母から本を送ったとメールが来ていたので、近々確かめることができるだろう。

車から降りて、優希はタイラーに手を振ってみた。

タイラーはすぐに気づいたようで、大きく手を振り返してくれる。

こんな些細《ささい》なやりとりも、相手がタイラーだと舞い上がるほど嬉しくなってしまう。けれど、赤くなった顔を見られるわけにはいかない。タイラーが戻る前に、優希は急いで母屋の裏のポーチからマッドルームに入った。

「おかえりなさい」

家事室にいたロレーナが、笑顔で出迎えてくれる。

「ただいま」

「新人教師さんの最初の週末の始まりね。そうそう、さっきあなた宛に荷物が届いたわ」

「ああ、多分母からです。頼んでいたものがあったので」

手を洗って、優希は玄関へ急いだ。別に荷物は急いで開けなくてもいいのだが、もうすぐタイラーが戻ってくる。彼が服を脱ぎ始める前に、すみやかにマッドルームから立ち去りたかったのだ。

玄関ホールのベンチに置かれたダンボール箱を開けると、頼んでいた本のほかに焼き菓子の詰め合わせや新品のタオルなどが所狭しと詰め込まれていた。添えられたカードには「クラークソン家の皆さんによろしく」と書かれている。

(母さんらしいな)

学生時代も、こんなふうにあれこれ箱に詰めて送ってくれたものだ。日本茶のティーバッグやレトルト食品、祖母が編んでくれたマフラー、優希の好きなオーガニックシャンプーやボディソープ……。

焼き菓子は、ロサンゼルスで人気の有名なパティスリーのものだった。わざわざ買いに行ってくれたことに感謝しつつ、段ボール箱の中から取り出す。

「運ぶのを手伝おうか？」

タイラーの声にぎくりとし、おそるおそる振り返る。

幸いタイラーは、ウエスタンシャツからTシャツに着替えただけで、裸ではなかった。

「いえ、軽いですから。母があなたによろしくと……これ、牧場の皆さんで召し上がってください」

焼き菓子の箱を差し出すと、タイラーが笑顔で受け取ってくれた。

「ああ、ありがとう。ロレーナが喜ぶよ」

「お菓子作りの名人のお口に合うかどうかわかりませんが」

「いやいや、ロレーナは都会の店のお菓子が大好きなんだ。ときどきヒューストンやダラスから取り寄せてるくらいだ」

「そうなんですか？　あんなにお菓子作りが上手なのに、なんか意外です」

言いながら、優希は箱の中から本を取り出した。懐かしい表紙に、思わず笑みが浮かぶ。

「……それは？」

「子供の頃に愛読してた本なんです。テキサスの牧場のお話で、ここに来ていろいろ思い出して、もう一度読みたくなって」

ぱらぱらとめくって、青い花が野原に咲き乱れている挿絵のところで手を止める。

「これ、こないだあなたの言っていたブルーボネットですよね？」

本を開いて、優希はタイラーのほうへ向けた。

しかしタイラーの返事がない。不思議に思って顔を上げると、タイラーは日本語で言うところの〝狐につままれたような〟顔で本を凝視していた。

「……どうかしました？」

「……ああ、いや。ちょっと待ってて」

そう言って、くるりと踵を返す。

いったいどうしたのだろう。何か気に障《さわ》るようなことを言っただろうか。

足早に書斎へ向かうタイラーの後ろ姿を、不安な気持ちで目で追う。

まもなくタイラーが、古びた本を手に戻ってきた。戸惑っているような、あるいは笑いを堪えているような……見たことのない表情で、優希のほうへ表紙を向ける。

「あ、同じ本！」

偶然同じ本を持っていたことに、驚きと喜びがこみ上げる。

「しかもこの本は、俺にとって特別なものなんだ」

そう言って、タイラーは表紙をめくってみせた。

表紙の裏の余白に、著者のサインらしき署名とメッセージが書き込まれている。

〝愛する息子、タイラーへ。この物語があなたにとって大切な友達となりますように。シェリー・クラークソン〟

目をぱちくりさせて、優希は手元の本の表紙に視線を落とした。

『リトル・カウボーイ』――シェリー・クラークソン。子供の頃は著者の名前まで目がいかなかったが、確かにそう書いてある。

「……えええっ⁉　もしかして、タイラーのお母さまが書かれた本⁉」

驚いて、声がひっくり返ってしまう。

「その通り。いや、俺もびっくりしたよ。まさかきみがこの本を持っていたとは」

「この本、大好きなんです。図書館で何度も借りてたら母が買ってくれて……」

「母が聞いたら喜んだだろうな」

「お母さまにお会いしたかったです」

そこではたと思い当たり、タイラーの榛色の瞳を見上げる。

「もしかして、この本の主人公はあなたがモデルですか？」

「ああ。子供の頃は照れくさくて否定してたけど、実はそうなんだ」

「…………」

衝撃のあまり言葉を失って、優希はタイラーの顔をまじまじと見つめた。

想像の中で一緒に野原を駆けまわったあの少年が、現実に存在していたのだ。

しかも彼は今、優希が密かに想いを寄せている相手で……。

かあっと頬が熱くなる。慌てて優希は、視線をそらしてぎこちない笑顔を作った。

本当はもっとこの熱い気持ちを伝えたいし、感動を分かち合いたい。

けれど、まさかこの本の主人公に恋をしていただなんて言えないし、ましてや主人公の成長した姿を西部劇のヒーローに重ねて思い浮かべていただなんて、口が裂けても言えない。

迂闊《うかつ》に言葉を発したらタイラーへの気持ちが溢れてしまいそうで、優希は慎重に言葉を選んでから口を開いた。

「……あなたにお会いできたこと、改めて光栄に思います」

身構えすぎたせいで、いささか堅苦しい口調になってしまった。

タイラーにもそれが伝わってしまったようで、面食らったように目を瞬かせている。

「えーと……夕食のあとにでも、母が書いた他の本も見てみる？」

「ええ、ぜひ」

「じゃあ、これをロレーナに渡してくるよ」

「はい、よろしくお伝えください」

視線を泳がせながら、ダンボール箱を抱える。

おかしな態度だとわかっているが、どう修正していいかわからなくて、そのまま優希はぎくしゃくと階段を上った――。

◇◇◇

（俺は何かまずいことを言ってしまったのだろうか）

ダンボール箱を抱えて急ぎ足で階段を上っていく優希を見上げて、タイラーは眉根を寄せた。

手にした本の表紙に目をやり、ため息をつく。

この本が出版されたのは、タイラーが十四歳のときのことだ。反抗期真《ま》っ只中《ただなか》だったので、「勝手にモデルにするな」とか「俺はこんなにナイーブじゃない」などと言って、なかなか素直に礼が言えなかった。

思春期特有の照れもあったのだろう。友人たちに「この本のモデルはきみじゃないの？」と言われるたびに全力で否定し、こんな話を書いて世に出した母を恨んだこともあった。

成人してから当時の態度を母に詫《わ》び、改めて本を読んで、当時の自分も気づかなかった自分の内面の的確な描写に驚き……それでもまだ、勝手に日記を暴露されたような居心地の悪さは拭えなくて、タイラーにとってこの本は大切なものであると同時に触れられたくない古傷のような存在となった。

結局、最後まで母には感想を伝えずじまいだった。

もし今母が生きていたとしても、うまく感想を伝えられる気がしない。

この本はタイラーにとってはあまりに私的な内容で、単純に面白かったとか感動したとか言えるものではないのだ。あえて言うならば、自分と愛馬チェルシーの日常を、母親が母親らしい細やかさでセンチメンタルな物語に仕立てたというところだろう。

そのことを、決して腹立たしく思っているわけではない。けれど、何もそんなプライベートな話をアメリカ中に向けて発表しなくてもいいではないかという思いもある。

(だけど、この本を気に入ってくれてた人もいたんだな)

考えてみたら、面と向かってこの本が大好きだと言ってくれたのは優希が初めてだ。

もちろんタイラーがモデルと知った上でお世辞を言う人はいたが、優希はまったく知らずに……まるで大事な宝物のように、愛《いと》おしげな視線を向けていた。

(こういうのを運命かもしれないと感じてしまうのは、実は俺にもナイーブな面があったってことか)

書斎に戻ってドアを閉め、タイラーは苦笑いを浮かべた。

『あなたは自分では気づいてないでしょうけど、とても感受性が強くて繊細な一面も持ってるのよ』

その昔、母に言われた言葉がよみがえる。

案外それは、当たっていたのかもしれない。当時は「軟弱だ」と言われているようで腹立たしかったが、体育会系のマッチョイズムには疑問を感じることが多かったし、他人からの言葉や態度にはいつも敏感だった。

大人になるにつれてそういった神経質な部分は影を潜めていったが、今でも大勢で騒いだり、その場限りの快楽に身を委《ゆだ》ねるような行為は苦手だ。

そろそろ認めたほうがいいかもしれない。朝焼けや夕陽の見事な色彩に感動し、春の野原に咲くブルーボネットに心を癒《いや》されるような男は、端から見れば充分にナイーブで感傷的だろう。

(優希が好きだって言うなら、俺もこの本が好きになれそうな気がする)

革張りの肘掛け椅子に座り、久しぶりに本のページを開く。

できるだけ先入観を取り払って、タイラーは物語の世界に足を踏み入れた。

――目を閉じると、チェルシーの姿がありありと浮かび上がってくる。

椅子の背にもたれて、タイラーは読み返したばかりの物語の世界に浸った。

素直な気持ちで読むと、昔ほどセンチメンタルな印象はなかった。自立心の強い少年の成長物語として、過度の賞賛や脚色を加えることなく、淡々とした筆致で描かれている。

（俺は……自分がモデルにされたからと、少々自意識過剰になっていたのかもな）

今までこの本に対して抱えてきた苦い思いが、炎天下のプールサイドに置かれたグラスの氷のように急速に溶けてゆく。憑《つ》きものが落ちたような、というのは、こういう気分のことを言うのだろう。

そのきっかけを優希が作ってくれたことに、特別な意味があるような気がする。

それにしても、自分が主人公のモデルだと告げたとたんに優希の様子がおかしくなったのは、いったいどういうことだろう。

（憧れてた主人公が実はこんなむさ苦しい男で、がっかりしたとか？）

それはありそうな気がする。

『リトル・カウボーイ』はイラストも母が手がけているのだが、主人公は実物よりも美少年気味に描かれており——それも当時のタイラーが気に入らなかった点のひとつだ——そのことで友人たちには散々からかわれたものだ。

「……っ」

ふいに胸ポケットのスマートフォンが振動し始め、ぎくりとする。

電話はウェイドからだった。

そういえば、ウェイドだけはこの本のことでタイラーをからかったりしなかったことを思い出す。『本の主人公のモデルにしてもらえるなんてうらやましすぎる』としみじみ言われて、当時は『全然嬉しくない。むしろ迷惑だ』などと生意気な口をきいていたが、今思えば贅沢《ぜいたく》な話だ。

「はい」

『俺だ。今いいか？』

「ああ、構わない」

『あのさ、今夜飲みに行かないか？　よかったら優希も誘ってさ』

「今夜？　金曜日の夜はアンジェラとデートじゃないのか？」

タイラーが尋ねると、電話の向こうから盛大なため息が聞こえてきた。

『……あいつとは別れた』

「え、そうなのか？」

驚いて、タイラーは椅子から体を起こした。

アンジェラは、ウェイドの歴代の彼女の中でいちばん長く続いていた女性だ。そのうち結婚するのだろうと思っていたので、別れたという話は意外だった。

『実を言うと、それでおまえに電話したんだ。俺の愚痴聞いてくれるの、おまえくらいだからさ。ぱーっと飲んでアンジェラのことは忘れて、あわよくば新たな出会いに期待して』

「おまえなら、何もバーでナンパなんかしなくてもよりどりみどりだろう」

『まあね。だけど身近につき合いたいと思える人がいなくてさ』

身近につき合いたい人がいるタイラーは、一瞬黙り込んで考えた。

優希のことを、ウェイドに相談してみるのはどうだろう。

ウェイドは、地元のコミュニティカレッジに通っていたときに少しだけ同性とつき合っていたことがある。手ひどく振られたせいで、あれは魔が差しただけだなどと言っているが……タイラーの目にはかなり真剣にのめり込んでいたように映っていた。

男性同士の恋愛について、ウェイドは少なくともタイラーよりは経験が豊富だ。偏見も持っていないし、優希との関係についてウェイドのアドバイスが欲しい。

「今日中に仕上げなきゃならない書類があるから今夜は無理だけど、明日の夜は？」

『いいよ。優希も誘う？』

「いや、おまえとふたりがいい。実は俺のほうも、ちょっと相談したいことがあるんだ」

『おおっ？　誰か意中の人でも現れたか？』

「……会ってから話す。それと、バーはだめだ。おまえとバーに行くと女たちが寄ってきて相談どころじゃなくなる」

『そりゃまあ、ハーモンヴィルで一、二を争うセクシーな独身男がふたり揃って現れたら、当然女どもは目の色を変えて突進してくるわな』

「メイベルのダイナーにしよう。あそこなら他の客に邪魔されない」

『了解』

電話を切って、タイラーは腕を組んだ。

優希とは、出会ってまだ半月も経っていない。

交際に向けての具体的な行動に移るのは時期尚早かもしれないが、今すぐつき合うのは無理でも、優希に好意を持ってもらうためになんらかの手を打っておきたかった。

優希は魅力的な青年だ。うかうかしていたら、誰かに持っていかれてしまう。

考えてみたら、恋愛に関してこんなに気持ちが焦るのは初めての経験だ。

これまでは、焦るどころかこちらから積極的に行動を起こそうという気持ちすらなかった。来る者は拒まず去る者は追わず、縁があればそのうちつき合うことになるだろうと悠長に構えていた。

けれど、優希だけはどうしても手に入れたい。

自分の中に、誰かに対するこんなに強い執着心があったとは驚きだ。

(俺にもついに運命の相手が現れたということだな)

『リトル・カウボーイ』が取り結んでくれた縁のように感じ……タイラーはそっと本の表紙に手を置いた。

## 5

土曜日の夜七時、町外れにあるメイベルのダイナーは、老夫婦や家族連れでほどよく賑《にぎ》わっていた。

（ここはいつ来ても変わらないな）

カウボーイハットを脱ぎながら、タイラーは懐かしさを感じさせる店内を見渡した。

昔ながらのダイナーは、洒落《しゃれ》たデートスポットとは言い難い。流行に乗り遅れたくない若者たちはこういう店を避け、映画館かバー、あるいは隣町に新しくできたショッピングモールを選ぶ。おかげでここは、土曜の夜に落ち着いて食事ができる数少ない貴重な店として一部住民の需要に応えている。

店名のメイベルは、初代オーナーの名前だ。今はメイベルの孫が切り盛りしており、オープン当初の素朴な家庭料理のレシピを忠実に受け継いでいる。

「タイラー」

奥まった場所にある半円形のテーブル席でメニューを見ていたウェイドが、タイラーに気づいて手を振った。

「悪い、遅れたかな」

言いながら、U字型にテーブルを囲んだ座席に腰を下ろす。

「いや、俺もさっき来たところ。それで、おまえの相談って？」

メニューを閉じて、ウェイドがさっそく青い瞳を好奇心できらめかせながら身を乗り出した。

「……まずはおまえの愚痴だろう？」

「いやいや、俺のほうは大した話じゃないんだ。アンジェラは早く結婚したがってて、俺のほうはまだその気になれなかった。それだけのことだ」

「おまえはいつかアンジェラと結婚するんだと思ってた。ほら、今までの彼女と比べてつき合いが長かったし」

タイラーの言葉に、ウェイドがため息をついていささかだらしない格好で座席にもたれた。

「まあ……俺も結婚するならアンジェラかなと思ってたんだ。多分いい奥さん、いいお母さんになるだろうし……」

「何が問題だったんだ？」

「……なんのときめきもないってことかな。そもそもつき合い始めたのも、積極的にアプローチされてなんとなくって感じだったし」

ウェイドの言いぐさに、タイラーはアンジェラが少々気の毒になってしまった。

正直なところ、アンジェラのことはあまり好きではない。最初はおっとりした育ちのいいお嬢さんという印象だったが、話しているうちに計算尽くで演出しているのが透けて見えてきて、過剰ないい子ちゃんアピールにはげんなりさせられた。

けれどそれもウェイドと結婚したいがための努力であって、そう考えれば健気《けなげ》と言えなくもない。

(でもまあ、ウェイドがああいう嘘くさい芝居をする女と結婚しないですんだのは喜ばしいことだ)

ウェイトレスが注文を取りに来たので、いったん話を中断してオーダーを告げる。

彼女が立ち去ると、さっそくウェイドが口を開いた。

「おまえはアンジェラのこと嫌ってたよな」

「……え?」

「隠さなくていい。おまえはすぐ顔に出るからわかりやすいよ。アンジェラが作り声で愛想振りまくたびに、ここに皺が寄ってた」

ウェイドが、自分の眉間を人差し指でとんとんとつつく。

「ああ……まあ、そうだな。実を言うと、苦手なタイプだった」

「俺も決して好みのタイプではなかったんだよな……なんかずるずるつき合っちゃったけど」

「おまえのそういう優柔不断なところはよくないと思うぞ。二年間も彼女に結婚を期待させてたわけだから」

「そうだな。その点は反省してる。もっと早く別れを切り出すべきだった。けどさ、俺の言い分も聞いてくれよ。アンジェラってそういうのに敏感で、俺が別れを切り出そうとすると、あの手この手で言わせないようにするんだ。たとえば……」

そこから怒濤《どとう》の愚痴が始まり、タイラーはときおり相槌を打ちながら耳を傾けた。

ウェイドの話を聞きながら、ついつい優希のことを思い浮かべてしまう。

アンジェラと違って、優希は最初の印象通りの生真面目な好青年だ。やたら人の気を引こうともしないし、自分をよく見せようともしない。

一緒にいてリラックスできるのは、彼が飾らない人柄だからだろう。

真面目で素直で、穏やかで優しい。

(それに……すごく綺麗で、清楚なのに妙に色気もあって)

シャツの襟元から覗くなまめかしい鎖骨やTシャツの胸にかすかに浮いた乳首が脳裏に浮かび、はっとして振り払う。

ようやくウェイドの愚痴が終わったのは、食後のコーヒーが運ばれてきた頃だった。

「さて……待たせたな、次はおまえの番だ」

すべて吐き出してすっきりしたのか、ウェイドが爽やかな笑顔で両手を広げる。

「……ああ」

コーヒーを一口飲んで、タイラーはどう切り出すか思案した。

ここに来る前にいろいろ考えてきたのだが、ウェイドの話を聞いているうちにすっかり頭から吹き飛んでしまった。

「誰か好きな人ができた？」

「……ああ」

「やっぱり。おまえが俺に相談するのって恋愛に関することだけだもんな。まあ今まではしつこく言い寄ってくる女の遠ざけ方とか相手を傷つけないように交際を断る方法とかそんなんばっかりだったけど。でも今回は違うんだろう？」

「………ああ。初めて本気で好きだと思える相手が現れた」

名前を口にする前に、気持ちを落ち着かせるようにもう一口コーヒーを飲む。

「当ててみせようか。それって優希だろう」

さらりと言われて、タイラーはもう少しで口の中のコーヒーを噴き出しそうになった。

慌てて飲み込み、カップをソーサーの上に置く。タイラーの動揺を表すように、カップとソーサーはがちゃんと大きな音を立てた。

目を白黒させるタイラーを見やり、ウェイドが先ほど愚痴っていたときとは別人のように余裕の笑みを浮かべる。

「言っただろう、おまえはすぐ顔に出るからわかりやすいって。俺が優希を連れてった日、ずっと雷に打たれっぱなしみたいな顔してた」

「………本当に？」

そんなにわかりやすかっただろうか。

ウェイドが気づいたということは、優希にも丸わかりだったということだろうか……。

「ああ、心配しなくても、優希は気づいてないよ。俺はおまえのことを子供のときから知ってるから気づいたんであって、初対面の優希はなんか変わった人だなくらいにしか思ってないって」

「……それはよかった」

乾いた声で言って、力なく座席にもたれる。

「まあ、気持ちはわかるよ。俺も初めて優希を見たときはあんまり綺麗でびっくりしたし、あの口の利き方とか身のこなしとか、品のいいお坊ちゃんて感じでそそられる」

「……⁉」

目を見開いて体を起こすと、ウェイドが苦笑した。

「ああいや、今の言い方は語弊があるな。おまえがそそられるのがわかるって意味。俺はもうちょっと男っぽいほうが好みだから。言っておくが、おまえみたいな男くさいマッチョって意味じゃないぞ」

「それはわかってる」

「それで、もう告白したのか？」

「いや、まだだ。今回は、絶対に、失敗したくないんだ。だからこの道の先輩のおまえに、教えを請いたい」

一語一語区切るように低い声で告げると、ウェイドも真顔になる。

「じゃあまずコーヒーのおかわりをもらってから、話をじっくり聞くとしよう」

そう言って、ウェイドは手を挙げてウェイトレスを呼び止めた。

◇◇◇

土曜の夕方、ハーモンヴィル小学校では職員の親睦会《しんぼくかい》を兼ねたミーティングが開かれた。

教職員だけでなく子供たちをサポートしてくれている学区のボランティアも集まり、これから年末にかけて行われるさまざまな行事——音楽会、チャリティパーティ、模擬選挙などの計画と役割分担を決め、時間はあっというまに過ぎていった。

日頃はなかなか話す機会のない他学年の担当教師ともいろいろ話ができて、新人教師の優希にとっては有意義な時間だった。

八時に会がお開きになり、何人かの教職員と一緒に駐車場へ向かう。

「ねえ、ちょっと寄り道していかない？」

ミズ・ジョーンズが、三年生の担任のミズ・ロペスと音楽教師のミズ・ベイカーに声をかける。独身で年も近い三人は仲がよく、休みの日も一緒に出かけたりしているらしい。

「そうね、まだ時間も早いし」

「メイベルのダイナーで、チョコレートサンデーを食べるのはどう？」

「いいわね、賛成。優希も行くでしょう？」

「え？　いいんですか？」

「もちろんよ」

少し迷ってから、優希は「じゃあお言葉に甘えて」と頷いた。

今日はロレーナが休みなので、タイラーも夕食は外で食べると言っていた。もう少し、みんなのおしゃべりにつき合うのも悪くない。

「メイベルのダイナーって？」

「あら、知らなかった？　ハーモンヴィルの老舗《しにせ》ダイナーよ。六十年代から営業してて、今のオーナーは三代目なの。家庭的な料理が売りで、すごく美味しいのよ」

「ああそっか、優希は外食しなくても、家政婦さんがいる家に下宿してるのよね。毎日手料理が食べられるなんてうらやましいわ」

「家政婦さんがいてもいなくても、あのタイラー・クラークソンと同居ってだけでうらやましすぎる」

三人にまくし立てられて、優希はたじたじとなりながらカローラのロックを解除した。

「なんだか、ハーモンヴィル中の女性に恨まれそうな立場ですよね……」

「大丈夫、私たちは恨んだりしないわ。優希がタイラーを音楽会やチャリティパーティに連れてきてくれればね」

三人が楽しそうに声を立てて笑う。

こういう女子会的な雰囲気は嫌いではない。ゲイだと自覚しているので、ストレートの男たちが女性の品定めをしている場よりも、女性たちがいい男の噂話《うわさばなし》に花を咲かせている場のほうが共感できることが多い。

ミズ・ジョーンズの車に続いて、町外れのダイナーへ向かう。

やがて見えてきたダイナーのネオンサインに、思わず優希は歓声を上げた。

六十年代の雰囲気を残すレトロな外観は、写真を撮ったらそれだけでポップアートになりそうだ。大きなガラス窓から見える店内の賑わいに、初めて来たのにどこか懐かしいような気持ちがこみ上げてくる。

「サンデーもいいけど、アップルパイも食べたいなあ」

「どっちも食べたら？」

「それは魅惑的な提案だけど、先週買ったドレスが入らなくなっちゃう」

「まったく、優希はどうやってその細さを維持してるの？　今日はがっつりサンデー食べて、私たちの仲間になってもらうわよ」

ジョーンズ嬢、ロペス嬢、ベイカー嬢が口々にしゃべりながら、ダイナーの入口に向かう。三人のレディのためにドアを開け、優希は最後に店内に足を踏み入れた。

「結構混んでるね」

「待ちましょう。すぐ空くわ」

ウェイトレスに人数を告げて、空席待ち用のベンチで待つことにする。四人で座るには少々狭かったので、優希はベンチの脇に立ってさりげなく店内を見まわした。

（……あ……）

奥まった席の一角に、タイラーとウェイドがいることに気づく。

ふたりは何やら深刻そうな表情で話し込んでいた。

向かい合った席ではなく、半円形のテーブルをU字型のシートが囲んでいる形状なので、肩を寄せ合うように並んで座る姿は、なんだかひどく親密そうな雰囲気で……。

「あれってタイラーじゃない？」

優希のそばにいたミズ・ジョーンズが、目ざとく見つけて中腰になる。

「ほんとだ。隣にいるのはウェイド？」

「うわ、信じられない。我が町の独身男性人気ランキングの一位と二位を争うふたりが、土曜の夜にメイベルのダイナーでコーヒーを飲んでるなんて」

あとのふたりも、身を乗り出して観葉植物の隙間《すきま》からタイラーとウェイドの席を窺い見る。

「ねえ、あのふたり……こうして見ると、お似合いのカップルみたいじゃない？」

ミズ・ベイカーが、遠慮がちに口を開く。

そのセリフにぎくりとして、優希は体を強ばらせた。

今まさに、同じことを考えていたのだ。

「言われてみれば、違和感ないよね」

「野性的な牧場主と、甘いマスクの消防士……いいかも」

あとのふたりも大きく頷く。

「タイラーはもう長いことフリーだし、ウェイドはアンジェラと別れたって噂だし、これって本当にそうだったりして」

「え、アンジェラと別れたの？」

「そうらしいよ。あの猫撫で声の猫被りのどこがいいんだろうと思ってたけど、ようやくウェイドも彼女の本性に気づいたのかしらね」

そのとき、ふいにウェイドが顔を上げてこちらに視線を向けた。

まさか話が聞こえたわけではないだろうが、ちょうど別れた彼女の悪口に耳を傾けていたところだったので、罪悪感にぱあっと頬が染まる。

ウェイドが笑顔になり、優希に向かって大きく手を振った。

タイラーも気づいて振り返り、優希の顔を見てひどく驚いたように目を見開いている。

「うわ、彼こっちに来る！」

「やだどうしよう、先週買ったドレス着てくればよかった」

三人はそわそわと色めき立つが、優希はそれどころではなかった。

タイラーとウェイドが親友以上の関係かもしれないという思いがけない事態に、狼狽《ろうばい》と動揺が止まらない。

「こんばんは、優希。こちらのお嬢さんがたと一緒？」

ウェイドが、とろけるような極上の笑みを浮かべて一同を見渡す。

「こんばんは。ええと……そうなんです。小学校で親睦会があって、彼女たちは同僚です」

「これから夕食？」

「いいえ、サンデーでも食べようってことになって」

「俺たちも夕食を済ませて、デザートを食べようかって話してたところだ。よかったら俺たちの席に来ない？」

「いいんですか⁉」

優希よりも先に、ミズ・ジョーンズが目を輝かせて反応した。

「もちろん。ああ、ちょっといいかな」

ウェイドがウェイトレスを呼び止めて、相席する旨《むね》を伝える。

奥の席へ向かうと、タイラーがぎこちない笑顔を浮かべて立ち上がり、優希たちのために場所を作ってくれた。

「こんばんは、お邪魔します。私たち優希の同僚です」

三人が口々に自己紹介しながら、U字型にテーブルを囲んだシートに収まっていく。

ウェイドに促されて優希も席に着くと、続いてタイラーが隣に収まった。

「すみません、お邪魔じゃなかったですか？」

タイラーのほうへ振り向いて、小声で尋ねる。

「えっ？　いや、全然」

そう言いながらも、タイラーの様子はどこか不自然だった。視線が左右に泳ぎ、しきりに瞬きをくり返している。

突然の相席にひどく戸惑っているような、あるいは狼狽しているような……。

「さて、きみたちは何にする？　チョコレートサンデー？」

「ええ、だけど当初の予定を変更してハーフサイズにするわ。こんな素敵な殿方《とのがた》の前で、メイベルのダイナー名物の大盛りサンデーを平らげるわけにはいかないもの」

ミズ・ジョーンズが茶目っ気たっぷりに言うと、あとのふたりも笑いながら同意した。

「優希は？」

「あ、僕は……コーヒーを」

ウェイドに聞かれて、優希は急いで笑顔を作った。もともと小食なのもあるが、今はとてもサンデーを食べるような心境になれなかった。

「俺もコーヒーだけでいい」

隣のタイラーも、ぼそっと呟く。

「じゃあ俺が優希とタイラーの分も頑張って、サンデーのエクストララージサイズいっとくかな。今日は俺の失恋慰め会だったから、やけ食い的な意味も込めて」

ウェイドが言うと、三人のレディたちはわざとらしく目を見開いた。

「えー、失恋したんですか？」

「そう、晴れてフリーの身。恋人募集中」

いささか軽薄に聞こえるウェイドのセリフに、思わず隣のタイラーを窺ってしまう。

タイラーは、苦虫を嚙《か》み潰したような表情でテーブルの表面を睨みつけていた。

（う……なんかすごく居心地悪い……）

デートを邪魔してしまった気分だ。

先ほどのふたりの、深刻そうな表情を思い出す。

ウェイドがつき合っていた彼女と別れ、それをタイラーに慰めてもらい……そのときにタイラーが長年秘めてきた想いを打ち明けたとか？

突然の告白に困ってしまったウェイドが、ちょうどいいところにやってきた優希たちを引っ張り込んだとか？

だとしたら、ウェイドに答えをはぐらかされたタイラーとしては、彼が女性たちに愛想を振りまいているこの状況は面白くないだろう。

勝手な想像だが、まったく現実味のない話でもないような気がする。

こうして改めて見ると、ウェイドは本当に魅力的な男性だ。甘さのある華やかな顔立ち、長身で筋肉質の男らしい体軀……優希がよく見ているゲイサイトでも、ウェイドのようなタイプは大人気だ。

（……僕も、もう少し背が高かったらよかったのに）

しかしあと十センチ背が高かったとしても、ウェイドの魅力にはかなわないだろう。

和風の地味顔で痩《や》せっぽちの小学校教師と、セクシーな肉体派の消防士では、最初から勝負にならない。

ウェイドの冗談に、ミズ・ジョーンズたちが声を上げて笑っている。

ひどく気詰まりな気分で、優希は運ばれてきたコーヒーに口をつけた。

# 6

十月に入って最初の土曜日の早朝。

いつものように馬の世話をしようと裏口から出たところで、タイラーは爽《さわ》やかな空気にほんの少し混じった冷気に気づいて空を見上げた。

九月は夏の延長のようなものだが、十月になるとハーモンヴィルも本格的に秋めいてくる。そろそろ冬を迎える準備に取りかかったほうがよさそうだ。頭の中で仕事の段取りを考えながら厩舎《きゅうしゃ》に向かう。

土日はロレーナが休みなので、この二日間は優希《ゆうき》とふたりきりだ。

しかも今日は、一緒に馬で遠出することになっている。

『優希、よかったら明日また馬で遠出しないか。今度は小川とは別の場所を案内するよ』

ゆうべ夕食の席でそう切り出すと、優希は嬉《うれ》しそうに顔をほころばせた。

『ええ、ぜひ』

片想いの相手とふたりきりで過ごせるのは喜ばしいことなのだが、多大なる忍耐を強《し》いられる予感に、苦笑とため息が漏《も》れる。

このところ毎晩、タイラーは欲望を抑えるのに苦労している。優希の部屋に忍び込みたい気持ちを必死で抑え、ベッドに入って目を閉じれば夜這《よば》いに行く妄想に取りつかれ……。

ゆうべも、階段を上がったところで「おやすみなさい」と言って反対側の廊下へ向かった優希の細い肩を、もう少しで摑《つか》んでしまうところだった。

腕に抱き寄せて柔らかそうな唇《くちびる》を貪《むさぼ》り、あのきゅっと引き締まった形のいい尻《しり》を撫《な》でまわし……。

(……朝っぱらから何考えてるんだ、俺は)

不埒《ふらち》な妄想を振り払い、馬房をひとつひとつ点検して掃除に取りかかる。

しかししばらくすると、頭の中は再び「おやすみなさい」と言ったときの優希のはにかんだような表情でいっぱいになってしまった。

優希を自分のものにしたい……それも、できるだけ早く。

しかし気持ちが焦るばかりで、優希との関係はいっこうに進展しないままだ。

——先週の土曜日、ウェイドに優希とのことを相談しようと出かけていったダイナーで、優希本人にばったり出くわした。

『お、さっそくチャンスだ。優希が小学校の同僚と一緒に来たぞ。俺が声かけてくるから、おまえは今俺が言ったようにうまくやれ』

優希が来たことにいち早く気づいたウェイドが、タイラーの隣ににじり寄って囁《ささや》いた。

『えっ？　今？』

『そう、今。こういうチャンスはどんどん利用しないとな。いいか、さっき俺が言ったみたいに、他の女性たちには目もくれず、きみのことしか興味ないって態度を見せるんだ』

ウェイドのアドバイスは、いきなり告白するのではなく、まずは小出しに好意を示せというものだった。

相手の反応を見れば脈があるかどうかわかるということだったが、タイラーにはまるで雲を摑むような話で……。

『待て、具体的にはどうすればいい？』

立ち上がろうとしたウェイドの腕を摑み、タイラーは詳細なアドバイスを求めた。

『簡単だ。優希を見つめて、優希にだけ話しかける。心配するな。あとの三人の相手は俺が引き受ける』

しかしいきなり恋の達人になれるわけもなく、タイラーは敗北感とともにダイナーをあとにすることになった。

優希に話しかけようとしても、あの紅茶色の瞳に間近で見つめられるとうろたえて口ごもってしまう。優希が何かしゃべり始めると、愛らしい唇の動きに目を奪われて言葉の内容がろくすっぽ頭に入ってこない。

『おまえ、なんで優希と目を合わせないようにしてしゃべるんだ？　もっと相手の目を見て話さないと、好感度が上がらないぞ』

ダイナーの駐車場でウェイドにそう言われて、タイラーは今まで自分が優希と極力目を合わせないようにしていたことに気づいた。

『……あの目とか唇とか見てしまうと、キスしたい衝動を抑えられそうにないんだ』

恥を忍んで告白すると、ウェイドが驚いたように目を見開いた。

『おまえ……かなり重症だな』

『ああ。本当に参ってるんだ。今はなんとか抑えてるけど、そのうち無意識に夜這いに行ってしまいそうで怖い』

『いっそ、正直に打ち明けたらどうだ？』

『それも考えたんだが、大家という立場で告白なんかしたら、優希に気を使わせてしまう。最悪の場合、優希が出て行くということもあり得る。それだけは避けたいんだ。優希を困らせたくない』

『うーん……確かに大家と下宿人という立場は微妙だな。俺から優希にそれとなく探りを入れてみるから、もうちょっと我慢しろ』

ぽんぽんと肩を叩《たた》かれて、タイラーは自分がどうしようもなく無力な男に思えて情けなくなった。

今まで恋愛に苦労した覚えはない。あるとしても、交際の断り方や後腐れのない別れ方といった、今思えば傲慢《ごうまん》で無神経な内容ばかりだった。真剣な恋愛をしてこなかったつけが一気に押し寄せてきた気がして、気持ちが暗く滅入ってくる。

厩舎の中央で立ち尽くし、手にした鋤《すき》の柄に顎《あご》を乗せてため息をついていると、奥の馬房から催促するような足踏みが聞こえてきた。

「……スタンリー、今行くからそう急《せ》かすな。おまえのご主人さまは、重度の恋煩いで大変なんだ」

力なく告げると、スタンリーが小馬鹿にしたように鼻を鳴らす。

ここは敢《あ》えてポジティブに、それを励ましの声と受け止めることにして、タイラーは鋤を持ち直して仕事を再開した。

朝の仕事を終えて母屋に戻ると、キッチンからコーヒーの香りが漂ってきた。

「優希？」

マッドルームから声をかけると、「はい」と涼やかな声が返ってくる。

「おはようございます。今ちょうどコーヒー淹《い》れたところなんですけど、飲まれます？」

キッチンから顔を出すことなく、優希が問いかける。多分タイラーが着替えているのではないかと気を使っているのだろう。

「ああ、頼む」

ブーツの泥を落としながら、タイラーも家事室越しに返事をした。

急いで鏡を覗《のぞ》き込み、乱れた髪を手櫛《てぐし》で整える。

呼吸も整え、できるだけリラックスした表情を作ってから、ゆっくりとキッチンへ足を踏み入れる。

寝起きのしどけないパジャマ姿を期待していたが、残念ながら優希はきっちりと身支度《みじたく》を整えていた。

「せっかくの休日なんだから、こんなに早起きしなくてもいいのに」

「いえ……休みの日だからと遅くまで寝てると、体内リズムが狂っちゃうんです」

タイラーのマグカップにコーヒーを注ぎながら、優希が睫毛《まつげ》を伏せて気恥ずかしそうに微笑《ほほえ》む。

その横顔を盗み見て、タイラーはごくりと唾《つば》を飲み込んだ。

丁寧にコーヒーを注ぐ華奢《きゃしゃ》な手、シャツの袖《そで》から覗く手首、細い肩と薄い胸板……今この家に優希とふたりきりであることを強く意識して、じわりと体温が上昇する。

「どうぞ」

「……ああ、ありがとう」

ぎこちなく言って、カウンターの上のマグカップを手に取る。

「ええと……ロレーナが作り置きしてくれたキッシュがあるので、温めましょうか」

「そうだな。それと、ゆうべの残りのサラダを食べてしまおう」

優希がキッシュをレンジに入れて、タイラーが豆のサラダを皿に取り分ける。

朝食の用意をしながら、タイラーは優希との間に漂う妙な空気を訝《いぶか》しんだ。

自分が優希を意識してぎくしゃくしているのは当然として、優希のほうも、ロレーナがいるときと違ってやけによそよそしいのはいったいどういうわけか。

(何か嫌われるようなことをしただろうか……?)

……いや、これは決して嫌っているような態度ではない。もし嫌っているとしたら、今日の遠出も何か理由をつけて断ったはずだ。

強《こわ》ばった背中をちらりと見やり、タイラーは優希がひどく緊張していることに気づいた。

この緊張は、何を意味するのだろう。

タイラーが今にも襲いかかってきそうな気配を察しているのか、それとも自分と同じように、この家にふたりきりであることを意識しているのか……。

「ウェイドはあれから元気にしてますか?」

ふいに優希に問われて、タイラーは目を瞬かせた。

「え?　ウェイド?　さあ、あれから会ってないから……」

なぜ急にウェイドの名前が出てきたのだろうと、優希の顔を見下ろす。

「……こないだダイナーで会ったとき、失恋したって言ってたので」

紅茶色の瞳がちらりとタイラーを見上げ、落ち着かない様子で左右に揺れる。

「ああ、そのことか。うん、まあ、大丈夫だ。あいつはもてるから、すぐに誰か見つかるだろうし」

「……そうですか……ならいいですけど」

口ではそう言いつつ、優希はまだ納得していないような表情だった。

それが何を意味するのか考えて、はっとする。

(ひょっとして、優希はウェイドのことが好きなんだろうか)

あり得ない話ではない。

ウェイドは男女問わずもてるタイプだし、火事で住む場所を失った優希に最初に親切に声をかけたのはウェイドだ。先週ダイナーで出会ったときも、三人のなかなか魅力的な若い女性と一緒にいたにもかかわらず、視線はずっとウェイドを追っていた。

体の中心が、急速に冷えていく感覚に見舞われる。

華やかで甘い顔立ち、スマートな会話術……タイラーが持っていないウェイドの美点が次々と脳裏に浮かぶ。それらが優希を引きつけているのだろうか。それとも他に何か、タイラーが気づいていない魅力が隠されているのだろうか。

世の中には消防士とか警察官とか、特定の職業に強く惹《ひ》かれる人もいる。もしも優希が制服マニアだとしたら、自分も消防士に転職すれば興味を持ってもらえるだろうか――。

「どうかしました……？」

背後から気遣わしげな声で尋ねられ、はっとする。

「……え？」

振り返ると、優希が心配そうな表情でこちらを見ていた。

「ああいや、ちょっと考えごとしてて」

慌てて取り繕うが、あまりうまくいかなかった。

こういう挙動不審なところも、優希に好意を持ってもらえない一因かもしれない。

「コーヒーが冷めないうちに食べようか」

「ええ」

ダイニングルームではなく、キッチンの隅にあるテーブルへ運ぶ。ロレーナがいないときは、こちらで簡単に済ませることにしているのだ。

それに、ダイニングルームの立派なテーブルよりも、こちらのほうが優希と距離が近くなる。

ウェイドにアドバイスされた「きみしか眼中にない」という態度を見せようと、タイラーは精一杯の笑顔で優希を凝視した――。

朝食を終え、ふたりで後片づけをしていると、ふいに電話のベルが鳴り響いた。

土曜日の朝からいったい何ごとだろうと訝しみつつ、濡《ぬ》れた手を拭いて玄関ホールへ向かう。

「はい、もしもし？」

どうせセールスか何かだろうとやや素っ気なく出ると、電話の向こうで複数の人がざわめいているような音が耳に飛び込んできた。

『もしもし？　タイラー・クラークソンさん？』

知らない女性の声だ。緊迫した口調に、思わず受話器を持ち直す。

「はい、そうですが」

『こちらはヒューストンのカーライル記念病院です。先ほど弟さん夫婦が交通事故に遭ってこちらに搬送されました』

「ええっ⁉」

驚いて、タイラーは声を上げた。

弟夫婦——ブライアンとサラが交通事故に遭ったと聞いて、五年前に両親が巻き込まれた事故がまざまざとよみがえる。

『幸いおふたりとも命に別状はありません。今医師が処置をしているところです』

「クリスは？　ふたりには五歳の息子《むすこ》がいるんです」

急き込んで尋ねる。交通事故の際、小さな子供はシートなどの下に隠れて気づかれないケースもあると聞いたことがあるので心配だった。

『息子さんは幼稚園です。おふたりは息子さんを幼稚園に送り届けたあと、事故に遭われたんです』

「よかった……弟と話せますか？」

『今はまだ無理ですね。しばらく入院してもらうことになります。身内のかたに手続きをしていただきたいのですが』

「わかりました。すぐにそちらに向かいます」

電話を切ると、優希が心配そうな表情でキッチンから顔を覗かせた。

「何かあったんですか？」

「ああ、弟夫婦が出勤途中に交通事故に遭った。幸いふたりとも怪我《けが》だけで済んだらしいが、今からヒューストンの病院に行ってくる」

タイラーの言葉に、優希が大きく目を見開いた。

「息子さんは？　大丈夫なんですか？」

優希には、弟夫婦とクリスの写真を見せたことがある。みるみる顔が青ざめていく優希を安心させるように、タイラーはぎこちない笑みを浮かべた。

「ああ、大丈夫だ。幼稚園に送っていったあと、事故に遭ったんだ。サラの両親はオーストラリアだし、しばらくうちで預かることになると思う」

「僕も一緒に行きます」

「え？」

「ヒューストンからクリスを連れてくるんですよね。それならふたりいたほうが絶対いいです。僕は子守は得意ですし」

優希には珍しく、断固とした口調だった。

先ほどは青ざめていた頬《ほお》に血の気が戻り、頼れる小学校教師の顔になっている。

「そうしてもらえるとすごく助かるが……本当にいいのか？」

「ええ、すぐに支度します」

そう言って、優希は二階へ駆け上がっていった。

◇◇◇

――ヒューストンはダラスに次ぐテキサス州の大都市だ。

高層ビル街や複雑に絡み合った道路に、故郷ロサンゼルスの風景を思い出す。

ヒューストンには学生時代に一度、教育学の学会に出席するために来たことがある。といっても会場は郊外にある大学で、三日間ほとんどそこから出ずに過ごしたので、こうしてヒューストンの中心部を通ったのは初めてだ。

「やっぱりどこも人が多くて道が混んでるな」

渋滞にはまり、運転席でタイラーが呟《つぶや》く。

「ええ……地図で見ると幼稚園まであと少しなんですけど、なかなか進みませんね」

カーナビを覗き込み、相槌《あいづち》を打つ。

ちらりとタイラーの横顔を盗み見ると、さすがのタイラーも表情に疲労をにじませていた。

——ハーモンヴィルから四時間かけてカーライル記念病院に着くと、すぐに看護師が病室に案内してくれた。

看護師の説明によると、交差点を通過しようとしたところ、信号無視の車に横から追突されたらしい。幸い追突したのは後部座席の部分で、運転席と助手席に乗っていたブライアンとサラは最悪の事態を免れることができた。

とはいえ、ふたりともかなりの重症だった。サラは搬送時に意識がなく、緊急手術を受けたばかりで面会することができなかった。タイラーが医師から受けた説明によると、敢えて昏睡《こんすい》状態にして処置をしているそうで、峠は越したとのことだった。

ブライアンは左腕の骨折と左脚の打撲《だぼく》、頭に包帯を巻いた痛々しい姿だったが、病室に現れたタイラーと優希を見て、笑顔を浮かべて挨拶ができるほどには元気だった。

『兄貴、来てくれたんだ……ああ、きみが同居人の……』

『ユウキ・カワイケです』

ブライアンの傷に響かないように、優希は差し出された右手をそっと握った。

『よろしく。まったく、こんな姿で会うことになるとはね。普段は兄貴よりも断然いけてるんだけど』

おどけたセリフに、思わずくすりと笑ってしまった。

二歳違いの弟のブライアンは、タイラーとはあまり似ていなかった。髪も瞳もダークブラウンで、優しげな顔立ちのハンサムだ。居間に飾ってある家族写真から察するに、タイラーは父親似、ブライアンは母親似なのだろう。

『軽口が叩ける状態で安心したよ』

そう言いつつ、タイラーの表情は心配そうに曇ったままだった。

ヒューストンまで車を運転しながら、タイラーは優希に両親が交通事故に遭ったときのことを話してくれた。消毒薬の匂《にお》いに満ちた病室に足を踏み入れて、当時のことを思い出したのかもしれない。

『クリスはどうしてる？』

『幼稚園にいる。ふたりが入院している間、クリスをうちで預かろうと思ってるんだが』

『ありがとう、それを兄貴に頼もうと思ってたんだ。クリスは牧場が大好きだし、ロレーナにも懐いてるし』

『おまえさえよければ、今から迎えに行って、そのまま牧場に連れて行くよ。医者によるとサラはしばらく面会謝絶だし、今ここに連れてくるのは幼い子供にはショックだろうし』

『……そうだな。俺も何もしてやれないし……せめてこの腕が動くようになってから……』

鎮痛剤が効いてきたらしく、ブライアンの声は次第に眠そうに途切れてきた。

看護師がやってきて面会時間は終わりだと告げたので、タイラーと優希は病室をあとにした。

「ああ、あの建物だな」

ようやく渋滞が動き始めて、タイラーが前方のビルを指し示す。

「ええ、駐車場は地下みたいですね……。すごいですね、あんな立派なオフィスビルの中に幼稚園があるなんて」

「俺も初めて見た。子供たちも皆ネクタイをしてブリーフケースを持っていそうだ」

「そこに僕たちがカウボーイスタイルで乗り込むわけですね」

優希がタイラーの軽口に応じると、タイラーがにやりと笑ってカウボーイハットの縁をつまんでみせた。

「きっとクリスが喜ぶよ。クリスはエリートビジネスマンよりもカウボーイに憧れてるんだ」

「僕も断然カウボーイ派です」

何気なく言ってから、じわっと頰が熱くなる。

今のセリフは、タイラーに対する好意があからさまだっただろうか。

いや、一般論としてカウボーイに憧れているという話であって、タイラーもそれ以上の意味があるとは思わないだろう。

しかしタイラーが黙り込んでしまったので、優希は焦って言葉を探した。

「えっとあの、子供の頃から西部劇が好きだったので」

「ああ、そう言ってたな」

「それに、大好きな本の主人公もカウボーイだったし」

急いで言い加えて、自分が墓穴を掘ってしまったことに気づく。

あの本の主人公はタイラーだ。ごまかそうとしたはずなのに、よりいっそうタイラーへの好意をアピールするようなことを言ってしまうとは……。

「…………ああ」

タイラーが、前を向いたまま掠《かす》れた声で頷いた。

その微妙な反応に、どんよりと気持ちが沈んでいく。

(しまった……ほんと、なんで余計なこと言っちゃったんだろう……)

タイラーへの想いは日増しに募るばかりだ。

この気持ちを打ち明けて彼を困らせる気はないが、そのうち抑えきれずに溢《あふ》れ出してしまいそうで怖い。

（クリスが来てくれることになってよかったかも）

そろそろ、週末をふたりきりで過ごすことが耐え難《がた》くなってきている。

一日中タイラーを意識し、夜になると彼が部屋に忍んでくる妄想に取りつかれ、逞《たくま》しい体に組み伏せられるところを想像し……。

車ががくんと揺れて、地下の駐車場へのスロープを降りていく。

我に返り、優希は不埒な物思いを振り払おうと小さく首を左右に振った。

幼稚園に現れたタイラーを見て、クリスは驚いたように目を丸くした。

「タイラー伯父《おじ》さん……？」

「やあクリス。夏休み以来だな」

タイラーに抱き上げられて、クリスが戸惑ったように目を瞬かせる。

——クリスには、まだ両親が事故に遭った話は伝わっていない。

タイラーが幼稚園に電話をかけて事情を説明し、クリスを不安にさせたくないので自分が迎えに行くまで黙っていてくれるように頼んだのだ。

しかし、母親ではなくタイラーが迎えに来たことに、幼いなりに異変を察知したらしい。茶色い瞳が不安そうに左右に揺らぎ、タイラーの背後に佇《たたず》む優希に気づいて、助けを求めるようにあたりを見まわす。

「初めまして、クリス。僕は優希。一ヶ月前から、タイラー伯父さんの家に一緒に住んでるんだ」

クリスを安心させようと、優希は柔らかな笑みを浮かべて語りかけた。

「伯父さんと……？　伯父さんの奥さんなの？」

澄んだ目で問われて、優希はうろたえた。

「えっ？　いや、そうじゃなくて、ええと……」

「クリス、優希は男だ」

タイラーが指摘すると、クリスが少々不満そうに唇を尖《とが》らせた。

「わかってるよ。でもサムのパパとママは両方男だし、サムはママって呼んでるよ」

「……なるほど。今どきの子供は俺の世代よりも柔軟だな」

「……ええ、さすが都会は違いますね」

タイラーと視線が合い、微笑もうとするがうまくいかなかった。

それはタイラーも同じだったようで、困惑した表情で固まっている。

「ママは？　今日はママがお迎えに来る日だよ」

クリスの質問に、タイラーがクリスをロビーの隅にある長椅子《ながいす》にそっと座らせる。そして自分も隣に腰掛《こしか》けて、クリスの小さな手を取った。

「ママはちょっと、来られなくなったんだ」

「どうして？」

無邪気な質問に、タイラーがなんと答えようか迷っているのがわかった。

はらはらしつつも見守ることにして、優希もクリスの反対側の隣に腰掛ける。

「パパと一緒に車に乗ってて、交通事故に遭った」

「交通事故？」

「車がぶつかって、怪我をしたんだ」

「…………」

まだよく飲み込めていないようで、クリスが顔をしかめる。

しかしそのあと小さな声で「死んじゃったの？」と呟いたので、慌てて優希はクリスのもう片方の手を握った。

「パパもママも大丈夫だよ。今病院で怪我の手当をしてる。ただ、ふたりともまだ動けないから、ここに迎えに来ることができなかったんだ」

「…………」

小さな手が汗ばみ、ぎゅっと強く握り返してくる。

クリスの心の衝撃が伝わってきて、思わず優希は小さな体を抱き寄せた。

「大丈夫。ここに来る前にパパと話したよ。きみのことをとても心配してた」

「ママは……?」

クリスが涙声で尋ねる。

昏睡状態をどう説明していいかわからず言葉を詰まらせると、今度はタイラーが助け船を出してくれた。

「ママは薬で眠ってる。お医者さんがいちばんいい方法で治療しようと頑張ってくれてるから大丈夫だ」

タイラーの大きな手が、クリスとクリスを抱き寄せている優希を一緒に抱き締める。

官能とは違う部分が刺激され……優希は心がじんわりと熱くなるのを感じた。

「そんなわけで、しばらくの間俺たちと一緒に牧場で過ごすことになったんだ。ジョーとジャックが待ってるし、ロレーナが美味《おい》しいパンケーキを焼いてくれるぞ」

クリスを元気づけるように、タイラーがクリスの金髪の巻き毛をくしゃっと撫でる。

「パパとママにはいつ会えるの?」

優希にしがみついたまま、クリスがくぐもった声で尋ねる。

「もう少ししてからね。パパとママの怪我がよくなったら、一緒に病院にお見舞いに行こう」

言いながら、優希はクリスの背中をそっと撫でた。

鼻をすり上げながら、クリスがこくりと頷《うなず》く。

素直に頷くクリスに、優希は胸をつかれた。本当は泣き叫んだり駄々をこねたりしたいだろうに、わがままを言わないように我慢している。

バッグからティッシュペーパーを取り出して、優希はそばかすのある可愛《かわい》らしい鼻を拭いてやった。


――ヒューストンからハーモンヴィルに到着すると、夜の九時を過ぎていた。

何度か休憩を挟み、途中の町でゆっくり夕食を取り……タイラーはクリスのために、いつも以上に慎重に運転していた。その甲斐《かい》あって、クリスは後部座席に取りつけられたチャイルドシートですやすやと眠っている。

「きみが一緒に来てくれて本当によかったよ」

クリスの隣で寝顔を見守っていた優希は、運転席のタイラーの言葉に顔を上げた。

「俺は……子供が苦手というわけじゃないんだが、どういうふうに扱っていいか戸惑うことがある。幼稚園に迎えに行ったときも、クリスにどう説明していいかわからなくて……」

「クリスは、伯父さんが来てくれただけで安心できたと思いますよ」

「だといいんだが」

「その証拠に、こんなにぐっすり眠ってますし」

「本当だ」

バックミラーを覗いて、タイラーが口元に笑みを浮かべる。

車が幹線道路から側道に入り、やがて前方にクラークソン牧場の明かりが見えてくる。

見慣れた光景に、優希はほっとして緊張がやわらぐのを感じた。ここで暮らし初めてまだ一ヶ月しか経っていないが、クラークソン牧場が今やすっかり心落ち着く我が家となっていることに気づく。

（それに……僕もタイラーのそばにいるとすごく安心できる）

実を言うと、優希は長距離ドライブがちょっと苦手だ。車酔いはしない質《たち》だが、ハイウェイで大型トラックに煽《あお》られたり、ドライブインで見知らぬ男にじろじろ見られたりするたびに体がすくんでしまう。

けれど今日は、そういった不安に駆られることなく過ごすことができた。

タイラーが一緒なら、長距離ドライブや大都会の渋滞もちっとも不快ではない。

家族以外で、一緒にいてこんなに安心できる人は初めてだ――。

車が母屋《おもや》の裏に静かに停車し、タイラーが運転席から振り返る。

「起こさなくていい。そのまま寝室に運ぶから」

「はい」

小声で囁き合って、優希は後部座席から降り立った。

タイラーがチャイルドシートからクリスを抱き上げ、優希は車内の荷物を取り出してドアを閉める。

裏口のポーチでは、ジョーとジャックが待ち構えていた。クリスの匂いを嗅《か》ぎつけたらしく、期待に満ちた目で尻尾《しっぽ》を振っている。

「ただいま、ジョー、ジャック。クリスは寝てるから、遊ぶのは明日だぞ」

タイラーが、二匹の愛犬に語りかける。ジョーとジャックは心得たように、その場にちょこんと足を揃えて座った。

鍵を開けると、マッドルームの明かりがつけてあった。キッチンの作業台の上には、普段は食べないシリアルの箱が置いてある。

アニメのキャラクターが描かれた箱は、ロレーナがクリスのために用意してくれたものだろう。タイラーが出先からロレーナやカウボーイに電話で事情を説明し、犬や馬の世話、そしてクリスのベッドを用意してくれるように頼んでいたので、気を利かせてくれたらしい。

「まずはクリスを寝かせよう」

「そうですね」

タイラーの頼もしい背中を追って、優希は足音を立てないように階段を上った。

◇◇◇

ロレーナが用意してくれたのは、タイラーの寝室の隣にある子供部屋だ。クリスは夏の間しばらくこの部屋に滞在していたので、着替えも何枚か残っている。

タイラーがそっとベッドの上にクリスを寝かせると、優希が屈《かが》んで小さな靴と靴下を脱がせてくれた。

ベッドカバーをめくり、クリスを起こさないようにそっと枕を宛がい、ブランケットを掛けてやる。手慣れたその様子から、優希が年の離れた弟の世話をしていたことが窺《うかが》える。

「よく寝てるな」

「ええ、長旅で疲れたんでしょう」

ふたりで顔を見合わせて、そっと部屋を出てドアを閉める。

ウォールランプの柔らかな明かりに照らされた廊下に立ち、タイラーは優希のほうへ振り返った。

「悪いな、こんなことまでしてもらって」

「いいえ、クリスはすごくいい子で、僕も楽しかったです」

優希がにっこりと微笑む。

その言葉に偽りがないのは、後部座席で楽しそうにしゃべっていた様子から、運転席のタイラーにも伝わっていた。

「クリスは、俺とふたりきりだと無口なんだ。あんなにしゃべったのは初めて聞いたよ」

「クリスくらいの子供から見ると、あなたは立派な大人《おとな》の男性で、ちょっと話しかけづらいのかもしれませんね。僕にも覚えがあります」

「きみが言っていた通り、きみは動物と子供に好かれるタイプなんだな」

「ええ、だから教師は天職だと思ってます」

優希の柔らかな笑みが、ウォールランプのせいでいつもよりも秘密めいて見える。

慌てて視線をそらし、タイラーは床を見つめた。

「今日は疲れただろう。明日はロレーナが休日返上で来てくれることになってる。だからきみも、安心して寝坊していいよ」

「了解です」

「月曜日からはきみも仕事だし、クリスのことは俺とロレーナが面倒見るから」

たたみかけるように言うと、優希が何かを訴えかけるような瞳でタイラーを見上げた。

「クリスは……帰りの車では明るく振る舞ってましたけど、本当はご両親の怪我のことですごく不安だと思うんです。ここで預かっている間、少しでもクリスの不安を取り除いて、リラックスして過ごして欲しいと思ってます。そのために、僕もいろいろ協力したいです」

優希の申し出に、タイラーはしばし言葉を失った。

優希は心からクリスのことを思いやってくれている——それもごく自然に、そうすることが当たり前のように。

タイラーの中に、今まで感じたことのない感情が溢れ出す。

この先の長い人生を、優希とともに歩みたい。

平凡な日々も特別な日も、喜びも悲しみも、すべて優希と分かち合うことができたら……。

「……っ⁉」

優希の驚いた表情に、自分が激情のままに彼の腕を摑んだことに気づく。

そのまま抱き寄せようとするが……摑んだ腕の細さと優希の怯《おび》えたような表情に、はっと我に返った。

「……ああ、いや、すまん。そうしてもらえるとすごく助かるよ」

慌てて腕を放し、もごもごと言い訳をする。

突然湧き起こった感情の炎はまだ燃え盛っており、これ以上一緒にいると自分が何をしてしまうかわからなくて怖かった。

「……おやすみ」

視線をそらしたまま、タイラーはくるりと背を向けて自分の寝室へ急いだ。

◇◇◇

「…………」

足早に立ち去っていくタイラーの後ろ姿を見つめ、呆然《ぼうぜん》と立ち尽くす。くらりと目眩《めまい》がして、優希はそばの壁に手をついた。

長時間のドライブの影響で、まだ車に揺られているような感覚が残っている。ウォールランプが作るほの暗い陰影も手伝って、まるで夢の中を漂っているような不確かな気分だった。

（……び、びっくりした……）

呼吸を整えると、ようやく現実感が戻ってくる。

先ほどの出来事が夢ではない証拠に、タイラーに摑まれた左腕がじんじんと疼《うず》いていた。

いったいさっきのはなんだったのだろう。

タイラーは何をしようとしたのだろうか。

間近で視線が絡み合ったとき、優希は彼にキスされる予感に震えた。

けれどそれは錯覚だったようで……摑まれた腕は解放され、タイラーの視線はそらされてしまった。

（あれは僕の願望だ……タイラーが僕にキスするはずがない）

首を左右に振って、体に残る甘い疼きを振り払う。

自分の部屋に戻り、音を立てないようにそっとドアを閉める。

片想いは、どうやらかなりの重症のようだ。タイラーのなんでもない言動を、自分に都合よく解釈して夢を見ようとしている。

（クリスもいることだし、これまで以上に気をつけないと……）

そう自分に言い聞かせて、優希はゆっくりとベッドに倒れ込んだ——。

# 7

仕事を終えて厩舎に戻ってきたタイラーは、母屋のそばで歓声を上げているクリスを見つけて笑みを浮かべた。

クリスがブランコに乗り、優希がそっと背中を押してやっている。樫《かし》の木の枝に取りつけられたブランコは、タイラーがクリスのために作ったものだ。

ふたりのまわりを、ジョーとジャックが嬉しそうに跳ねまわっている。ふいにタイラーは、自分の子供時代を懐かしく思い出した。

父が作ってくれたブランコを弟とふたりで漕《こ》ぎ、そばで母が見守っている……。

そういえば『リトル・カウボーイ』の中にもそんな場面があった。

あれが子供たちだけでなく母にとっても楽しい時間だったことが、今ではよくわかる。

(優希もすごく楽しそうだ)

クリスを見つめる眼差《まなざ》しは、優しく慈愛に満ちている。

優希が何か話しかけると、クリスが嬉しそうに笑う声が風に乗って聞こえてきた。

自分もその輪に加わりたくなり、タイラーは急いでスタンリーを厩舎に連れて行った。カウボーイのひとりに世話を頼み、大股《おおまた》で母屋へ向かう。

「伯父さーん！」

タイラーに気づいたクリスが、大声で叫ぶ。

振り返った優希が、眩《まぶ》しそうに目を細めて手を振ってくれた。

「やあ、クリス。楽しそうだな」

「うん、すごく楽しいよ。見て、自分で漕げるようになったんだ」

前に向かうときは足を伸ばし、後ろに下がるときは膝《ひざ》を曲げ、クリスが自力でブランコを漕いでみせる。

夏休みに来たときは怖がって乗ろうとしなかったのだが、優希に誘われて乗る気になったようだ。

最初はただ座っておしゃべりし、それからゆっくりと前後に揺らし……優希が根気よくつき合ってくれたおかげで、今ではすっかりブランコの虜《とりこ》になっている。

「それだけ漕げたら大したもんだ。あとでビデオに撮ろう。パパとママが見たら、きっと驚くぞ」

「……うん」

パパとママという言葉に、クリスの表情が少し曇る。

ふたりは入院中で、ヒューストンとハーモンヴィルは遠く離れているのでなかなか会えないということはよく理解しているが、それでも会えなくて寂しいのだろう。

――ブライアンとサラが入院して、ちょうど半月。

入院の翌日にはオーストラリアからサラの両親が駆けつけ、ふたりの家に滞在して身のまわりの世話をしてくれることになった。

幸いふたりとも快方に向かっている。ブライアンはリハビリを始め、サラも意識を取り戻し、昨日はクリスと電話で話すこともできた。

ただし、サラはブライアンより怪我がひどく、入院も長引きそうな気配だ。ブライアンの退院日も未定で、なかなかクリスを安心させてやることができないのがもどかしい。

「クリス、伯父さんにあれ見せてあげたら？」

クリスの寂しげな表情を見下ろし、優希がそっと肩に手を置く。

「うん」

ぴょこんとブランコから降りて、クリスが樫の木の下に置いた帽子を取りに行った。

「何を見せてくれるのかな？」

「これ！」

帽子の中には、クローバーが何本か入っていた。

よく見ると、すべて四つ葉のクローバーだ。

「あのね、優希に教えてもらったの。クローバーの葉っぱが四枚あるやつは、幸運のシンボルなんだって」

「へえ……そういえばたまに葉っぱが四枚あるやつあるな。ふたりで探したのか？」

「うん。あそこの木の下にクローバーがいっぱい生えてて、だけど四つ葉のはなかなかなくて、でも僕もふたつ見つけたんだよ」

「これを押し花にして、クリスと一緒にカード作ろうと思ってるんです」

はしゃぐクリスの頭を撫でながら、優希が控えめに言い添える。

「パパとママにお見舞いのカードを送るの」

「それはいい考えだ。ふたりともきっと喜ぶよ」

クリスを抱き上げて、タイラーは微笑んだ。

それから優希に視線を向けて、眩しげに目を細める。

「ありがとう、俺はこういうの全然思いつかないよ」

「僕はブランコ作れないので、お花摘《つ》みやお絵描き担当です」

優希がくすぐったそうに微笑む。はにかんだ表情についつい見とれ……慌ててタイラーは視線をそらした。

ふと、牧場への道を見慣れた車が土煙を上げながらやってくることに気づく。

（ウェイド？）

今日来るとは聞いていなかったが、何か用事があるのだろうか。クリスを下ろして優希に託し、タイラーは車のほうへ向かって歩いた。

車が母屋の前で停まり、中から出てきたのはやはりウェイドだった。

「よう」

ウェイドが、タイラーに顎をしゃくってみせる。

「どうした？」

「いやちょっと、おまえたちの様子を見に。ここんとこ忙しくてなかなか来られなかったからさ」

「ああ……夕飯食ってくか？」

「いや、いいよ。今夜はちょっと約束があるんだ」

ウェイドが、意味ありげな目つきでにやりと笑う。

「なんだおまえ、もう新しい彼女できたのか」

その問いには答えずに、ウェイドは優希とクリスのほうへ手を振った。

「やあ、優希、クリス」

「ウェイドおじさん、こんにちは」

ウェイドとも顔見知りなので、クリスはにこにこしながら駆け寄ってきた。

そういえば、ウェイドも子供に好かれやすいタイプだ。数えるほどしか会ったことがないのに、クリスはすっかりウェイドに気を許している。

「きみたちにこれを渡そうと思ってさ。職場の仲間にもらったんだけど、俺はこういうの観ないから」

言いながらウェイドが上着のポケットから封筒を取り出して、優希に手渡す。

「映画の招待券……ですか？」

「そう、子供向きだから、きみたち三人で行っておいでよ」

「ありがとうございます。クリス、アニメの映画のチケットだよ。よかったね」

優希が屈んでクリスにチケットを見せると、クリスが顔を輝かせた。

「わあ、ほんとだ。おじさん、ありがとう！」

「どういたしまして」

優希の視線がウェイドに向けられているのが気に入らなくて、タイラーはさりげなくふたりの間に割って入った。

「ウェイド、コーヒーくらい飲んでいくだろう？」

「ああ」

「クリスもそろそろ家に帰ろう。葉っぱがしおれる前に、早く本に挟んだほうがいい」

「はーい」

クリスが素直に頷き、両手で大事そうに帽子を持って母屋へ駆けていく。

慌てて優希がそのあとを追い、その場にはタイラーとウェイドが残された。

「なんだ、恋人を通り越して、すっかり夫婦みたいじゃないか」

ウェイドがにやりと笑い、タイラーの肩を小突く。

「え？　そう見えるか？」

「ああ。車から見えてたけど、ほんと普通に仲のいい家族みたいだった」

ウェイドの言葉に、つい鼻の下が伸びてしまう。

玄関に入る優希とクリスを見つめながら、タイラーもウェイドの肩を小突き返した。

「はは……まあ自分で言うのもなんだけど、クリスが来てからますますいい雰囲気なんだ。ふたりでクリスの世話をするだろう、そうすると会話も増えるし、こないだあのブランコを取りつけたら、優希のほうがすごく感激してたし」

「それで？　おまえらもうつき合ってるの？」

「いや、まだ……」

「何もたもたしてるんだよ。いい雰囲気なんだろう？」

「そうは言っても、迂闊《うかつ》に手は出せない」

救いを求めるようにウェイドを見やると、ウェイドが大きくため息をついた。

「先週小学校の防災イベントで会ったとき、優希にそれとなくおまえとのこと聞いてみたんだが……どうも俺は優希に警戒されてるみたいでさ。なかなか本音が見えないんだよ」

「警戒？　優希がおまえを？」

意外な気持ちで、タイラーは目を瞬かせた。

優希はウェイドに好意を持っていると思っていた。警戒するとしたら、ウェイドが遊び人だという噂《うわさ》でも耳にしたせいだろうか。

「うん。おまえと一緒のときはそうでもないんだけどな。でも、おまえと一緒にいるときに『タイラーのことどう思ってる？』とか聞けないし」

「え、おまえ、そんなストレートな聞き方したのか？」

「まさか。まずは『恋人はできた？』って聞いて、いないって言うから好みのタイプを聞いて……」

「それで、好みのタイプは？」

血走った目で詰め寄ると、ウェイドが苦笑してあとずさった。

「なんかはぐらかされたよ。特に理想のタイプはなくて、好きになった人が理想のタイプだとかなんとか」

「そうか……」

がっくりと項垂《うなだ》れると、ウェイドが慰めるように背中を叩く。

「まあ落ち込むな。さっきなんか、ほんとに夫婦みたいだったぞ。おまえが思ってるよりもずっと、いい線行ってるんじゃないか？　クリスを連れて映画に行って、そのときにさりげなく他の映画のポスターを指さして『アニメもいいけど、今度は大人同士でこれを観に来ようう』って誘うんだよ」

「……なるほど。今度は大人同士でこれを観に来よう……か」

ウェイドのセリフを復唱し、頭に叩き込む。

「おまえ、ほんと必死だな」

「ああ、必死だよ。もう優希以外のパートナーは考えられないんだ」

縋《すが》るような目で訴えると、ウェイドも真顔になった。

「そういう相手に巡り会えたのがうらやましいよ」

「おまえにも、そのうちきっと現れるさ。本気の恋に落ちたとき、俺の苦悩もわかるよ」

「……そうかもな」

ウェイドが、どこか遠くを見つめる目つきで空を見上げる。

その様子から察するに、今夜のデート相手は本気の恋の相手ではなさそうだ。

「さ、コーヒーを飲みに行こう」

肩を叩いてウェイドを促し、タイラーは母屋へ向かった。

◇◇◇

「押し花はなるべく厚い本がいいんだけど……」

母屋に戻った優希は、クリスと一緒に居間へ向かった。

しかし居間には雑誌やカタログしか見当たらなかった。本はすべて、タイラーがオフィスとして使っている書斎に収められている。書斎に鍵はかかっていないが、勝手に入ることはためらわれ、優希は古い雑誌を選んで手に取った。

「とりあえずこれに挟んで、上から重しをしよう」

「どうやるの？」

「こうやって葉っぱが重ならないように広げて……」

クリスと四つ葉のクローバーの押し花を作りながら、タイラーとウェイドがなかなか戻ってこないことが気になり、窓の外に視線を向ける。

（……っ）

樫の木の下で、ふたりが肩を寄せ合って話している姿が目に入る。ダイナーで見かけたとき同様、ひどく親密そうな様子だ。

こうして見ると、やはりふたりはお似合いのカップルのようだ――。

「できたよ。こんな感じでいい？」

クリスの声に、慌てて窓の外から室内へと視線を戻す。

「ああ、うん。そのままそっとページを閉じて」

クリスと一緒に作業をしながらも、先ほどのタイラーとウェイドの姿が頭から離れなかった。

もしつき合っているのだとしたら、なぜ三人で行くようにと映画の招待券をくれたのだろう。

（……アニメ映画じゃ、ロマンティックなデートにはならないもんな……）

クリスと三人で出かけたら、いちゃいちゃできない。

ウェイドもクリスが優希に懐いているのを知っているので、子連れの映画は優希に譲ってくれたのだろう。

「ねえ、クローバー以外の押し花も作りたい」

「そうだね……今日はもう暗くなりかけてるから、明日花を摘みに行こう」

クリスの柔らかな髪を撫でて、微笑む。

そうだ、今はクリスが楽しく過ごせるようにするのが最優先だ。

タイラーへの想いは、これまで以上に強く封印しなくてはならない。

けれど、タイラーとふたりでクリスの世話をすることで、ますます彼に引かれていく気持ちも止められなかった――。

◇◇◇

夕食のあと、タイラーは優希にクリスを任せて、しばらくオフィスで事務作業に没頭した。

この二週間、ふたりの役割分担は実にうまくいっている。

平日の夕食まではロレーナが見てくれるが、風呂《ふろ》に入れて寝かしつけるのはタイラーと優希の役目だ。ときどき優希も残業があるので、互いに連絡を取り合い、交替で世話をしている。

土日はロレーナが多めに作り置きしてくれた料理の他に、優希が何品か作ってくれるようになった。

優希はなかなかの料理上手《じょうず》だ。初めて優希の手料理を食べたとき、タイラーは感激のあまりしばらく言葉が出てこなかった。

クリスがヒューストンに帰ったあとも、こんなふうに過ごせたらどんなにいいだろう。

（土日はふたりきりで、優希が料理を作ってくれて、それを俺が手伝ったりとか……）

クリスを邪魔に思っているわけではない。それどころか、クリスのおかげでふたりの距離はぐっと縮まった。

デスクの横のコルクボードに貼りつけた、ウェイドからもらった映画の招待券に視線を向ける。

三人で映画に行くというのはいい考えだ。間にクリスを挟んで、まるで夫婦のように過ごすことができる。

（そのあとは、ふたりきりの映画に誘う……！）

ロレーナにクリスを見てくれるよう頼むか、ベビーシッターを雇ってもいい。夏に何度か来てくれたロレーナの姪《めい》なら、安心してクリスを預けることができる。

映画のあと、メイベルのダイナーで軽く食事をするのもいい。カレンダーを睨《にら》み、いつ優希を映画に誘うか計画を立てる。

ついついデート計画のことばかり考えてしまい、ふと気がつくと予定よりも時間が押していた。

（そろそろクリスを寝かしつける時間だ）

急いでパソコンの電源を切って、書斎をあとにする。今夜は優希が風呂の当番だが、クリスへのおやすみのキスはなるべく欠かしたくない。

二階へ上がると、廊下はしんと静まり返っていた。足音を忍ばせて、クリスの寝室へ向かう。

「クリス、もう寝たかな……？」

小声で囁きながら、そっとドアを開ける。

子供用のベッドに視線を向けたタイラーは、思わず口元に笑みを浮かべた。

――優希が、クリスと一緒に小さな寝息を立てている。

添い寝して本を読んでやっているうちに、寝入ってしまったのだろう。

(ふたりとも、まるで天使だな)

ベッドに近づいて、あどけない寝顔を見下ろす。

決して態度には出さないが、優希も日々の仕事とクリスの世話とで疲れているはずだ。

今夜はこのまま寝かせておくことにして、そっとブランケットを掛け直す。

(……これは……ものすごく忍耐を試される場面だな……)

優希の寝顔は、ただあどけないだけでなく、はっとするような色香を漂わせている。

ベッドサイドのシェードランプに照らされて、長い睫毛が頰に影を落とし、白い肌《はだ》はつややかに匂い立ち……。

(まずい。今すぐ、ここを立ち去らなくては)

体の奥底で欲情が目覚めそうになり、慌てて踵《きびす》を返す。

しかしタイラーが強い意思を持って背中を向けたそのとき、それを引き留めるように、優希が小さくため息を漏らした。

「……ん……」

あまりに魅力的なその声に、タイラーは振り返らずにはいられなかった。

軽く寝返りを打った優希の唇が、キスを誘うようにわずかに開いている。

これまで必死で押しとどめてきた理性が、サイダーの泡のようにぱちぱちと弾《はじ》けてゆく。

「……っ」

気がつくと、優希の上に覆い被《かぶ》さるようにして唇を重ねていた。

柔らかく弾力のある感触に、全身の血が瞬く間に沸騰する。

（だめだ……！　これ以上はまずい……！）

寝ている相手にこっそりキスをするなんて、紳士として許されない行為だ。

今もし優希が目覚めたら、優希の目にはただの獣か暴漢にしか見えないだろう。

舌をねじ込みたい衝動を抑え、自分の鼻息の荒さに気づいて、慌てて息を止める。

このままずっと優希の唇を味わっていたかったが、呼吸を止めるにも限界があり、タイラーは名残《なごりお》惜しい気持ちで体を起こした。

「…………ん……」

優希の細い眉《まゆ》が、わずかに寄せられる。

まるでタイラーの唇が離れていって残念だというような反応だが、さすがのタイラーも、それが恋する男の身勝手な妄想であることは重々承知している。

（……おやすみ、優希）

心の中で優希に語りかけながら、その魅惑的な寝顔を網膜に焼きつけようと凝視する。

欲情の第二波がこみ上げてくるのを感じて、タイラーは急いで寝室をあとにした――。


翌朝、タイラーはひどく後ろめたい気分で目覚めた。

――ゆうべ、優希にこっそりキスしてしまった。

心は罪悪感でいっぱいなのに、体は興奮してなかなか寝付くことができなかった。

目を閉じると優希の寝顔がちらつき、欲望が募って牡《おす》の象徴が硬くいきり立ち……。

(……俺は最低だ)

クリスに添い寝していた優希の寝顔に欲情し、こっそりキスした上に、淫《みだ》らな妄想にまみれて自慰に耽《ふけ》るとは……。

(当分優希の顔を直視できないな)

ベッドから起き上がり、ため息をつく。

ゆうべたっぷり出したのに、股間《こかん》の一物は性懲《しょうこ》りもなくボクサーブリーフを突き上げていた。

しかもこれは、単なる朝の生理現象ではない。

目覚めてからゆうべのキスを思い出し……反省しつつも、再び興奮してしまったのだ。

「くそ……っ」

悪態をついて、タイラーはボクサーブリーフを脱ぎ捨てた。

そそり立つ男根をゆさゆさと揺らしながら、大股でバスルームへ向かう。

シャワーのコックを捻《ひね》り、頭から水を被って、タイラーは己《おのれ》の勃起《ぼっき》を握った。

「優希……、優希……っ」

シャワーの音に紛れて愛しい人の名前を口にし、欲望に膨れ上がった性器を擦《こす》り立てる。

優しく微笑んだ顔、はにかんだように視線をそらすときの顔……優希のいろんな表情が、浮かんでは消えていく。

やがてしどけない寝姿が浮かび上がり、妄想の中でタイラーはその上に遠慮なくのしかかった。

柔らかな唇を貪り、細い首筋に咬《か》みつき、衣服を引き剥《は》がして薄い胸板をまさぐり……。

「優希、う、うう……っ」

獣のように呻《うめ》きながら、タイラーはバスルームの壁に欲望の証《あかし》をぶちまけた。

# 8

週が明けた月曜日。

ロレーナが来てくれたことにほっとして、タイラーは平常心を取り戻した。

いつものように早朝から仕事をし、優希とクリスと一緒に朝食を取り、仕事に行く優希を見送って再び牧場の仕事に取りかかり……。

病院から電話がかかってきたのは、仕事から帰ってきた優希とクリスと夕食を取り、食後のコーヒーを飲んでいたときのことだった。

『もしもし、タイラー？』

「ブライアンか。どうした？」

『やっと退院日が決まったよ。来週の月曜日だ』

「そうか、それはよかった。サラは？」

『サラはもう少しかかりそうだけど、リハビリは順調らしい。まあ退院しても、当分自分のこととサラのことで通院しなくちゃならないんだけど』

「クリスのことなら心配するな。元気でやってるよ」

『ああ、こないだビデオ送ってくれてありがとう。今ちょっと、クリスと話せるかな』

「もちろん。クリス、パパから電話だ」

子機を持ってダイニングルームに戻り、クリスに持たせてやる。

「もしもし？　パパ？」

嬉しそうに語りかけるクリスに目を細め……タイラーはカップに残ったコーヒーを飲み干した。

「弟さんからですか？」

向かいの席から、優希が小声で問いかけてくる。

「ああ。来週退院できるって」

「それはよかったですね」

クリスは、子機に向かって「うん……うん……」と頷いている。「ヒューストンのおうちに帰るの？」という問いに、ブライアンが何やら説明している声が漏れてくる。

「パパが、伯父さんに替わってって」

クリスに子機を差し出され、受け取って耳に当てる。

クリスは手に汗をかいていたらしく、子機は温かく湿っていた。

「もしもし？」

『今もクリスに話したんだけど……俺が退院してからも、もうちょっとだけクリスを預かってもらえるかな』

「ああ、構わないよ。そっちも通院で大変だろうし」

『それと例の件……もう一度サラとよく話し合おうと思って』

「……そうだな。せっかく同じ病院にいるんだしな」

『それじゃ、また電話するよ』

「ああ、おやすみ」

電話を切って振り返ると、クリスと目が合った。

茶色い瞳が不安そうに揺れている。その理由に思い当たり、タイラーはなんと言うべきか迷った。

「クリス……」

「僕ちょっと、おしっこ」

クリスが椅子から降りて、バスルームへ向かう。

その後ろ姿を見送り、無意識にため息が漏れてしまう。

「何かあったんですか？」

クリスの浮かない表情に、優希が気づかないわけがなかった。

「いや実は……弟夫婦はこのところちょっとうまくいってなくてね。夏の間クリスを預かってたのも、ふたりが結婚カウンセラーに通うためだったんだ」

タイラーの言葉に、優希が小さく息を呑《の》む。

結婚カウンセラーに通うということは、離婚の危機にあるということだ。

「クリスにはまだ話してないけど、来月からふたりは別居する予定だった。けど、クリスも両親の不仲には薄々気づいてるらしい。ブライアンが退院するのにまだ家に戻れないと知って、動揺してるんだと思う」

「そうだったんですか……」

「どっちにしてもサラは退院までまだ時間がかかりそうだし、もうしばらくクリスはうちで預かるよ」

「そうですね。状況が安定するまで、クリスはここで暮らしたほうがよさそうですね」

「ちょっと長引くかも知れないけど、構わない？」

「もちろんです。僕もクリスがいると楽しいですし」

「きみには本当に感謝してるよ。きみと一緒にいると、クリスはつらいことを忘れられる」

「だといいんですけど、子供にとって、両親の問題は簡単に忘れられるものではありませんから……」

言いながら、優希がコーヒーカップを手に立ち上がる。

憂いを含んだ表情に、思わずタイラーも立ち上がり、手を伸ばして優希の肩を掴んだ。

「いや、本当に、きみのおかげでクリスは明るさを失わずに過ごすことができてるんだ」

「……っ」

優希が、驚いたように目を見開く。

その反応に、タイラーは慌てて摑んだ肩を離した。

「えっと……クリスの様子見てきますね」

くるりと背を向けて、優希は逃げるようにダイニングルームをあとにした。

優希の肩を摑んでしまった手を見下ろし……深々とため息をつく。

(何やってるんだ俺は……)

それにしても、あの怯えようはいったいどうしたことか。

(まさか、こないだこっそりキスしたのがばれてるとか？)

背中を冷や汗が伝う。

ばれているとしたら、なぜ問いただしたり避けたりしないのだろう。

もしくは、あのとき優希は夢うつつだったから、はっきり確信が持てなくて困惑しているのかもしれない。

(……暴走しないように気をつけよう)

自分に言い聞かせ、タイラーはもう一杯コーヒーを飲むことにした。

# 9

朝晩の気温が低くなり、秋が深まりつつある。

小学校での仕事を終えて牧場に帰る頃には、あたりはすっかり暗くなっていた。

(夕食前にクリスと一緒に馬に乗りたかったけど、この暗さじゃもう無理だな……)

カローラのハンドルを握りながら、優希は小さくため息をついた。

先日、クリスは乗馬を始めた。といってもタイラーか優希と一緒に乗って、調教用の囲いの中をゆっくりと歩く程度ではあるが。

優希はセレステ以外の馬も乗りこなせるようになったが、クリスの乗馬はセレステ限定だ。

観光牧場で子供向けの乗馬の係員をしていたので、タイラーよりもむしろ優希のほうが子供と一緒の乗馬には慣れている。優希とセレステの協力のもと、クリスはすっかり乗馬に夢中になっている。

車を停めて厩舎を見ると、明かりがついていた。せめて馬たちの顔だけでも見ていこうと、厩舎に向かう。

「ああ、お帰り」

ちょうど厩舎から出てきたタイラーと鉢合わせして、優希は目を瞬かせた。

「はい、あの……ちょっと馬の様子が見たくて」

「みんな元気だよ。今日は昼食のあと、ちょっとだけクリスと遠出したんだ。といっても、すぐそこの木のところまでだけど」

「クリスにとっては大冒険ですね」

「ああ、すごくはしゃいでた」

タイラーと肩を並べて、厩舎の中を歩く。

ふたりきりであることを意識し……優希は肩に力が入るのを感じた。

「クリスがもうちょっと大きくなったら、ポニーを飼ってもいいなと思ってるんだ」

「いいですね。どこに住むことになっても、夏休みや春休みにここに来て乗れますし」

「ブライアンに、もうちょっとハーモンヴィルに近いところに転職したらどうだって言ってるんだ。ヒューストンは遠すぎる。近くなら、何かあったときにすぐにクリスを預かることができるし」

「……おふたりは、もう別居確定なんですか？」

「どうだろう、その後聞いてないんだ」

「そうですか……」

しばし無言で、セレステの首を撫でる。

クリスにとって、何がいちばん幸せなのだろうと考えつつ。

「……俺は今まで結婚願望とか子供が欲しいという気持ちがあまりなかったんだが」

ふいにタイラーが切り出す。

振り返ると、タイラーの榛色《はしばみいろ》の瞳がじっと優希を見下ろしていた。

「きみと一緒にクリスを預かってるうちに、結婚して子供を持つのもいいなと思い始めてる」

「……っ」

その言葉は、優希の胸に鋭い矢となって突き刺さった。

結婚、子供……どちらも男の自分では無理な話だ。

「このところ、子供にとって何がいちばん幸せなのか考えてた。住む場所や環境も大事だけど、それ以上に両親の愛情に包まれていることが必要だ。そのためには両親は互いを信頼し、敬意を払い、愛し合ってなくてはならないと思う」

「……ええ」

「俺の両親もそうだった。だから、俺やブライアンの子供にもそうあって欲しいと思ってる」

タイラーの話がどこに行き着こうとしているのかわからなくて、優希は黙ってセレステを撫で続けた。

誰かと結婚する決意を固めたのだろうか。

その人との間に、子供を持とうとしているのだろうか……。

「残念ながら、ブライアンとサラはうまくいかなかったけどな。ふたりが離婚することになったら、これまで以上にクリスにかかわって、なんだったら定期的にうちで預かってもいいと思ってるんだ。ブライアンもサラも仕事が忙しいし、ひとり親は何かと大変だろうし」

「そうなったら、僕もできる限り協力します」

「ありがとう。けど、同居人に子供の世話を頼むわけにはいかない」

その言葉に、部外者だと言われているようで、再び深く傷つく。

「いや、今もきみにクリスの世話をしてもらってるのは図々《ずうずう》しいと思ってるんだ」

自分の言葉の鋭さに気づいたのだろう。タイラーが慌てたように言い加える。

「そんな、僕は全然……」

「話がそれてしまったな、つまり、俺が言いたいのは……」

言いかけたところで、タイラーの胸ポケットでスマートフォンが鳴り始めた。

タイラーが顔をしかめ、「失礼」と呟いて通話ボタンを押す。

「ブライアン?」

電話は、クリスの父親からだった。

「先に戻ります」と口を動かしてタイラーに伝え、厩舎をあとにする。

(結婚願望か……)

子供を持つつもりなら、相手はウェイドではなく女性ということだ。

タイラーが結婚したら、もう手の届かない人になってしまう。

ひどく憂鬱《ゆううつ》な気分で、優希は母屋の裏口の扉を開けた。


「おかえりなさい！」

ロレーナと一緒にいたクリスが、優希を見てぴょんぴょん飛び跳ねるように駆け寄ってくる。

なんて可愛くて愛おしい存在なのだろうと、優希は目を細めた。タイラーが子供を欲しがるようになった気持ちもわかる気がする。

(僕には無理だけど……愛し合う人との間に子供を持つことができたら、どんなに素晴らしいだろう)

ゲイであることを自覚したときから、優希は自分の子供を持つことは諦めていた。

けれどいつか、パートナーとの間に養子を迎えることはできるかもしれない。

そのパートナーがタイラーだったら、どんなにいいことか……。

「こないだ作った押し花、もう開けてみていい？」

「そうだね。そろそろぺったんこになってるかな」

クリスと一緒に居間に行き、辞典で重しをした雑誌を広げる。

色とりどりの花の綺麗《きれい》な押し花に、クリスが歓声を上げた。

「うまくできてるね。こないだのクローバーみたいに、またお見舞いカード作ってパパとママに送ろうか」

「……うん……」

花のひとつを摘《つま》んで、クリスが呟く。

元気のない様子が気になって、優希はクリスの顔を覗き込んで「どうかした？」と尋ねた。

「パパとママが元気になったら、僕もヒューストンに帰らなくちゃいけないんでしょう？」

「……帰りたくないの？」

優希の質問に、クリスはこくりと頷いた。

「どうして？　ヒューストンは嫌い？」

「ううん……だっておうちに帰ったら、パパとママ喧嘩《けんか》ばっかりしてるから」

その言葉に、優希ははっとした。

クリスはちゃんと両親の不仲を知っているのだ。

結婚カウンセラーに通っているということは、ブライアンとサラの不和は深刻な状態なのだろう。きっと仲直りできるよ、などと綺麗ごとは言いたくない。

クリスの小さな体を抱き寄せて、優希はしばし考えたのちに口を開いた。

「……そうだとしても、ふたりともクリスのことを愛してるよ」

「うん……それはわかってる。ふたりとも、僕のことは好きなんだ。だけど……パパとママも、伯父さんと優希みたいに仲がよかったらいいのに……」

「ええと……僕たちは夫婦じゃないからね。夫婦というのはいろいろ難しいんだよ」

優希の返事に、クリスが訝しげな表情で顔を上げた。

「でも、伯父さんと優希は愛し合ってるよね？」

「ええっ？　い、いや、僕たちはただの大家と下宿人だから……それよりはもうちょっと友人に近いかもだけど……」

「だけど、伯父さん優希にキスしてたよ。僕見たもん」

その言葉に、優希はしばし固まってしまった。

数秒後、乾いた声で「まさか」と呟く。

「本当だよ。僕ちゃんと見たもん。僕の部屋で優希が本読んでくれてて一緒に眠っちゃったとき、伯父さんが来て優希にだけキスしていった。ほっぺたじゃなくて、口にしてた」

「………………」

衝撃のあまり、声が出なかった。

本当だろうか。

いや、クリスが夢うつつに見た幻《まぼろし》かもしれない。

だけどもし本当だったら、それはいったいどういう……。

「クリス、ここにいたのか」

背後から降ってきたタイラーの声に、びくりと体が震える。

「あ、悪い。驚かせちゃったな。さっきパパから電話があって、ママの退院日が決まったって。よかったな、もう大丈夫だぞ」

「……僕はどうなるの？」

「もちろん、パパとママと一緒におうちに帰るんだよ。ママの退院は五日後だ。その日に俺がヒューストンまで送って行く」

「……僕まだ帰りたくない」

クリスが、優希の体にしがみつく。

タイラーが戸惑ったように目を瞬かせ、優希の隣に腰掛ける。

「何かあったのか？」

小声で尋ねられるが、優希はとてもタイラーの顔を見ることができなかった。

クリスの小さな体を抱き寄せながら、曖昧《あいまい》に首を横に振る。

「クリス、帰りたくないならうちにいてもいい。だけど、パパとママがおまえに会いたがって、寂しがってるぞ」

「…………」

ますます強くしがみつかれて、優希はクリスの髪に顔を埋《うず》めた。

きっと、顔が赤くなっている。タイラーに変に思われているに違いない。

「……まあいい。まだ五日あるから、みんなでゆっくり考えよう」

今はこれ以上問い詰めても無駄だと悟ったのだろう。クリスの背中をぽんぽんと叩いて、タイラーが立ち上がる。

「優希、心臓がどきどきしてる」

タイラーが居間を立ち去ってから、クリスがぼそっと呟いた。

「……そうだね、ちょっと、びっくりしちゃって……」

クリスの髪に顔を埋めたまま、くぐもった声で囁く。

まだ頭が混乱していて、自分でも自分がどういう気持ちなのかよくわからなかった。

「伯父さんがキスしたこと？」

無邪気な質問に、鼓動がますます速くなる。

そっと体を離してクリスの顔を見下ろし、優希はぎこちない笑みを作った。

「ねえクリス……この話はふたりだけの秘密にしといてくれるかな」

「いいよ。誰にも言わない」

クリスが、得意げに鼻の穴をぷっと膨らませる。

「じゃあ……押し花で本に挟む栞《しおり》を作ろうか」

「うん」

――クリスと一緒に色画用紙を切り抜きながらも、優希はずっと上の空だった。

(タイラーが僕にキス……？　なぜ……？)

それが事実なら、期待していいということだろうか。

けれどクリスの勘違いかもしれないという疑念も捨てきれず、舞い上がりそうになる気持ちに慌ててブレーキをかける。

どうしたら、ことの真偽を確かめられるだろう。

さり気なく「クリスがこんなことを言っていたんですけど」とタイラーに切り出してみるとか？

(いやいや、そんなこと絶対聞けない)

画用紙に押し花を貼りつけながら、小さく首を横に振る。

いずれにせよ、今夜はとても眠れそうにないのは確かだった――。

## 10

十一月下旬、テキサスの秋も深まり、道路沿いの木々もすっかり色づいている。

「クリス、もうすぐ着くぞ」

運転席から振り返り、タイラーは後部座席のクリスに声をかけた。

「早く着かないかな。ピクニック、ピクニック」

クリスが手足をばたばたさせて、節《ふし》をつけて歌い始める。

クリスの隣に座っている優希も、くすくす笑いながら一緒に即興の歌を口ずさむ。

楽しげなふたりの様子に、タイラーは口元を緩めた。

今日は優希とクリスと三人で、ハーモンヴィルから車で一時間ほどの湖へピクニックだ。

リハビリを終え、ギプスから解放されたブライアンが、この週末にクリスを迎えに来ることになっている。それを聞いたクリスが、最後にタイラーと優希と三人でペカンレイク自然公園に行きたいと言い出したのだ。

ペカン湖はタイラーやブライアンが子供の頃によく父親に釣りに連れてきてもらった場所

で、クリスも両親と一緒に何度か来たことがあるらしい。

電話で話したところによると、サラとの別居話はいったん保留になったらしい。まずはブライアンがクリスを連れて家に帰り、週明けにサラも帰宅することになった。

タイラーとしては、ブライアンとサラが今後の方針を固めてから家に帰したかったのだが……兄弟とはいえ、そこまで夫婦の問題に立ち入ることはできない。

夫婦の問題に翻弄《ほんろう》されているクリスのことが心配だ。

しかし、夫婦のことは夫婦でしか解決できない。タイラーにできることは、ふたりがクリスにとって最善の道を選択してくれるよう祈ることだけだ。

『クリスはいつでも預かるから、遠慮なく言ってくれ』

ブライアンに電話で告げると、弟にもタイラーの心配が伝わったらしい。

『ありがとう。今回のことも、本当に感謝してる。兄貴にも、優希にも……』

バックミラーを覗いて、タイラーははしゃぐクリスを見つめた。

――まるで、幸せな家族そのものだ。

いつか優希とふたりで家庭を築き、養子を迎えることができたら、どんなに楽しいだろう。

優希はきっといい親になれる。優希と一緒なら、自分もいい親になれる気がする。

(まずは俺と優希が夫婦にならないことにはな……)

先日の厩舎での会話を思い出し、苦笑する。

タイラーとしては精一杯アピールしたつもりなのだが、長年の口下手《くちべた》が災いし、どうも優希に真意が伝わっていない気がする。

あとから思い返してみると、もっとストレートに「きみと家庭を築いたら楽しそうだ」とか「きみと一緒なら子育てもうまくいくだろう」とか言えばよかったかもしれない。

（……まあいちばんの失敗は、『同居人に子供の世話を頼むわけにはいかない』というセリフだな）

言いたかったのは、同居人の立場ではなく、パートナーとしてクリスの世話にかかわって欲しいということだったのだが、あの言い方ではとても伝わったとは思えない。

訂正したくて何度か話しかけようとしたのだが、そういうときに限って仕事の電話がかかってきたり牛が脱走したり、なかなかふたりきりで話す機会が作れずにいる。

それに、気のせいか、優希に避けられているような気もする。

ロレーナやクリスがいるときはそうでもないが、ふたりきりになるのを避けているような……。

（嫌われてるわけじゃないよな？）

ちらりとバックミラーを覗くと、優希と視線が合ってどきりとする。

優希のほうも、タイラーと目が合って驚いたようで、すぐに視線を窓の外へ向けてしまった。

「あ……看板が見えてきましたね」

「本当だ」

前方に、丸太を使ったペカンレイク自然公園の大きな看板が立っている。

今日は一日ピクニックを楽しむことにして、タイラーは駐車場へと車を走らせた。


「結構人が多いな」

車を停めたタイラーは、ほぼ満車となっている駐車場を見渡した。

「ちょうどいい季節ですしね。おいで、クリス」

優希がクリスをチャイルドシートから抱き上げて下ろし、厚手のパーカを着せてやる。

先日三人でショッピングモールに行ったときに買った黄色いクマの形のリュックを背負って、クリスは満足げな表情だ。

「クリス、人が多いからはぐれないように気をつけるんだぞ」

「うん！」

返事は軽やかだが、早くもクリスは駐車場の脇の小径《こみち》へ向かって走り出していた。

慌てて追いかけて捕まえ、抱き上げる。

「まったく、ひとりで先に行っちゃだめだって」

「わかってるよ」

「わかってない。こないだもショッピングモールで、もう少しで迷子《まいご》になるところだったろう」

「僕からはちゃんと伯父さんが見えてたよ」

「おまえから見えていても、知らない人に連れて行かれたらお手上げだ」

「そうなったら大声で叫ぶよ。幼稚園で習ったの」

「ああ、それがいい。けどいちばんいいのは、俺や優希とはぐれないことだ。いいな？」

クリスに言い聞かせていると、サンドイッチや飲み物が入ったバスケットを持って、優希が追いかけてきた。

「クリス、帽子」

言いながら、小さなカウボーイハットを差し出す。

フェルト素材で羽根飾りのついた、なかなか洒落《しゃれ》た帽子だ。先日ブライアンがクリスの着替えを一箱送ってきたとき中に入っていたもので、オーストラリアの祖父母からのプレゼントだという。

「えー、今は被らなくていいよ」

「外は冷えるし、被っておいたほうがいいよ」

優希が小径の脇にバスケットを置いて、タイラーが抱っこしているクリスに帽子を被せてやる。

「優希、ママとおんなじこと言ってる」

ぶつぶつ言いながらも、クリスは諦めて帽子を被ることにしたようだ。

ふたりのやりとりに、タイラーはついつい顔がにやけてしまう。

端から見たら、きっと仲のいい親子に見えるだろう。自分がパパで優希がママで……肌寒い空気に、優希とクリスの鼻の頭がほんのり赤くなっているのが可愛くてたまらない。

「さあ、まずはランチにしよう」

「あのね、優希、あっちにブランコとか滑り台とかあるんだよ」

「ほんとに？　じゃあランチのあとで一緒に遊ぼう」

湖のそばまで行くと、ログキャビンが何棟かあるのが見えた。公園事務所とレストハウス、キャンプ場の設備も整っている。

「あそこ！　前にパパとママと一緒に泊まったの！」

クリスが、少し離れた場所にある大きな山小屋風の建物を指さす。

湖を見下ろす小高い丘の上のロッジは、なかなか立派で周囲の風景にも調和していた。

「へえ、いつのまにか洒落たホテルができたんだな。俺が子供の頃は、公園事務所しかなかったんだが」

「素敵ですね。テラスからの眺めがよさそう」

優希のセリフに、せっかくだから三人で一泊すればよかったと後悔する。

(事前に下調べするべきだったな。まさかこんな感じのいいホテルができてるとは)

今回はぬかったが、また別の機会がある。

優希と恋仲になった暁《あかつき》に、あのホテルへ泊まりに行こうと誘うのもいい。

優希の横顔を盗み見ながら、タイラーは不埒な妄想が溢れ出そうになるのを必死で抑え込んだ。


湖のそばのベンチでサンドイッチを食べていると、引率者に連れられた小学校低学年の子供たちの集団がやってきた。

どうやらキャンプ場に来ているクラブか何かの合宿らしい。子供たちはブランコやジャングルジムで遊び始め、クリスはそれが気になって仕方ないようだった。

「クリス、まずはこれを食べてからだ」

「うん……」

しかし視線は子供たちを追い、タイラーや優希が話しかけても上の空だ。

「ランチが終わったら、あそこに行ってみんなにまぜてもらって遊ぼうか」

「うん！」

優希の提案に大きく頷き、クリスが急いでサンドイッチにかぶりつく。

「しかしまあ、賑やかなもんだな。きみは毎日あれくらいの集団を相手にしているのか」

「ええ、まさにあんな感じです。全然言うこと聞かないし、予想できない行動に出るし、ほんと見てて飽きないですよ」

言いながら、優希が優しい眼差しで子供たちを見つめる。

「仔馬《こうま》の訓練をするとき、俺も同じことを思うよ」

「訓練と言えば……スタンリーはクラークソン牧場に来たときは手の付けられない暴れ馬で、それをあなたが根気よく調教し直したって聞きました」

「え？　ああ……。そう、あいつは前の牧場でひどい扱いを受けてたから」

「カウボーイが、すごく褒めてました。あの暴れ馬があんな働き者になるとは思ってなかったって」

「馬の扱いはわりと得意なんだ。人間相手だと、どうもうまく気持ちを伝えられないんだが」

そう言って、タイラーは精一杯意味ありげな目つきを作って優希を見つめた。

こんなとき、ウェイドならもっとスマートな口説《くど》き文句を口にするのだろうが、自分は何ひとつ思い浮かばない。

「ごちそうさま！　遊んでくる！」

オレンジジュースを飲み干して、クリスがぴょこんと立ち上がる。

「あ、待って。僕も一緒に……っ」

慌てて優希も立ち上がり、小さな背中を追いかけていく。

（やれやれ、子供連れだとなかなかロマンティックな雰囲気にはなれないもんだな）

心の中でぼやきつつ、タイラーの口元に微笑が浮かぶ。

ジャングルジムによじ登ろうとするクリスと、それをはらはらしながら見守っている優希を眺め、しばし幸せな気分に浸ることにした。

◇◇◇

「優希、これ持ってて」

滑り台から降りてきたクリスが、小さな手でカウボーイハットを摑んで差し出す。

「上着も脱ぐ？」

「うん」

屈んでパーカを脱がせてやると、クリスは勢いよく駆け出していった。

小学生の団体はヒューストンから来た野外活動クラブのメンバーで、優希がクリスのことを「この子もヒューストンに住んでるんだよ」と紹介すると、すぐに打ち解けて遊びの輪に加えてくれた。

（そっか、クリスも来年には小学生なんだよな……）

年の近い子供たちと遊ぶクリスを見て、目を細める。

牧場での生活も楽しんでいるようだが、やはり子供は子供同士で遊ぶのがいちばんいい。

「クリスは当分ここから動きそうにないな。湖の周囲の遊歩道を散策しようと思ってたんだが」

ランチのバスケットを片付けたタイラーが、優希のそばにやってくる。

「遊歩道があるんですか？」

優希が尋ねると、タイラーは湖のほうへ向き直って指で指し示した。

「そう、湖をぐるっと一周できるようになってる。まあ全部歩くと一時間以上かかるから、歩くとしてもあの東屋《あずまや》までかな」

「ボート乗り場もあるんですね」

なだらかな斜面に立って、優希は湖の景色を眺めた。

ちらりと振り返ると、クリスは小学生たちとジャングルジムの下で何やら話し込んでいる。

（あんまりずっとそばにいると見張ってるみたいで息苦しいだろうし、ちょっと自由にさせてあげようかな）

クラブの引率者もいることだし、少しなら目を離しても大丈夫だろう。

「ボートは夏場だけだろうね。今の時期、誤って湖に落ちたら大変だ」

「ええ、水が冷たそう」

ぶるっと肩を震わせて、優希は湖の縁まで降りてみようと斜面を下った。

「あんまり近づくと危ないぞ」

「大丈夫です」

笑顔で振り返ると、ふいに強い風が吹きつけてきた。

「うわ……っ」

手に持っていたクリスのカウボーイハットが、風に煽られて飛んでいく。

帽子はちゃぽんと音を立てて湖の水面に浮かび、慌てて優希は湖に駆け寄った。

「優希、無理するな。ちょっと待ってろ」

「は、はい」

タイラーがバスケットを置いて、公園事務所へ走ってく。

その間、帽子が遠くに流されないように、優希ははらはらしながら見守った。

「お待たせ」

タイラーが、釣り竿らしい長い棒を持って戻ってきた。

棒は帽子に届かなかったが、タイラーが手慣れた様子で水面をかき寄せて動かし、棒の先に引っかけてキャッチする。

大事な帽子を無事に回収することができて、優希はほっと胸を撫で下ろした。

「ありがとうございます、僕ひとりだったら釣り竿を借りるなんて思いつかなくて、水に飛び込んでたかも」

あながち冗談ではない。祖父母からのプレゼントの帽子をなくしてしまったら、きっとクリスが悲しむ。

「きみは本当にそういう無茶をしそうで怖いよ。帽子はまた買えばいい。頼むから、帽子だのボールだのを追っかけて水に飛び込むような真似《まね》はしないでくれ」

「そうですね……僕が溺《おぼ》れたら元も子もないですし」

帽子の水を軽く払って、バスケットの中にしまう。

立ち上がってジャングルジムのほうへ視線を向けて、優希はぎくりとした。

「クリスは……？」

「え？　ジャングルジムで遊んでるだろう？」

タイラーも振り返り、眉間《みけん》に皺《しわ》を寄せる。

——クリスの姿が見当たらない。いつのまにか小学生の集団は半数ほどいなくなり、残った女の子のグループがブランコで遊んでいた。

急いでブランコに駆け寄り、女の子たちに尋ねる。

「さっきまでここで遊んでいた男の子たちは？」

女の子たちは、いっせいにキャンプ場のほうを指さした。

「みんなであの林でかくれんぼするって」

「金髪の巻き毛の、緑色のトレーナーを着た男の子も一緒だった？」

「うん。一緒についていったよ」

「ありがとう」

ほっとして、優希は急いでキャンプ場に向かった。後ろからタイラーも追いかけてくる。

「すみません、僕が目を離したばっかりに……」

「いや、俺も目を離してしまったから。とにかく急いで探そう」

「はい」

キャンプ場でかくれんぼをしている男の子たちはすぐに見つかった。けれど、クリスの姿が見当たらない。

「クリス！」

タイラーが名前を呼ぶが、返事はなかった。

「きみたち、金髪の巻き毛の、緑色のトレーナーを着た男の子を知らない？」

息を喘《あえ》がせながら、優希は男の子のひとりを捕まえて問いかけた。

「一緒にかくれんぼしてるよ。あっちに走っていった」

「ありがとう！」

急いで林の一角へ向かう。

キャンプ場は林を切り開いた場所に作られており、キャンプ場を取り囲んでいるのは木や草が生い茂った原生林であることに気づき、心拍数が跳ね上がる。

「どうかしました？」

野外活動クラブの引率者の女性がやってきたので、優希は振り返って叫んだ。

「男の子が見当たらないんです。ここであの子たちとかくれんぼしてたらしいんですが、呼んでも返事がなくて……っ」

優希の訴えに、女性の表情もさっと引き締まった。

「私たちも一緒に探すわ。名前は？」

「クリスです！　クリス！　どこにいるの？　返事して！」

原生林のわずかな隙間《すきま》に飛び込んで、優希は大きな声で叫んだ。

「優希！　落ち着け！　闇雲に動きまわったら、きみまで迷子になる！」

後ろでタイラーが叫んでいるが、優希の耳には届かなかった。

もしもクリスに何かあったら、一生自分を許すことはできないだろう。

どうか無事で見つかりますようにと願いながら、優希は原生林に分け入っていった。

声を嗄《か》らして、クリスの名前を叫ぶ。

けれど、叫んでも叫んでもあの可愛い声の返事が聞こえない。

まるで悪い夢の中をさまよっているようだ――。

クリスがいなくなって、もう三時間が経過している。

優希の心と連動するように空が曇り、午後四時をまわったばかりだというのに、あたりは日が暮れたように薄暗い。おまけに、少し前から冷たい雨も降り始めていた。

タイラーがすぐに公園事務所に行って捜索を要請し、事務所の職員と居合わせた客数人、それに間もなく駆けつけた保安官が捜索に加わった。

『もしかしたら、あのホテルの周辺かも……前に家族と一緒に泊まったことがあると言ってました』

そう言ってホテル周辺も捜索の範囲に含めてもらったが、いまだクリスは見つかっていない。

五歳の子供の足では、そう遠くへ行くことはできない。

誰かに連れ去られた可能性が頭をよぎり、胸のあたりが凍りつく。

「……う……っ」

ホテルの裏の駐車場で思わず嗚咽《おえつ》を漏らすと、前方から懐中電灯を持った長身の男が近づいてきた。

「優希」

穏やかに名前を呼んでくれたのは、タイラーだった。

けれど今は、申し訳なさすぎてタイラーの顔を見ることができない。

俯《うつむ》いたまま嗚咽を堪《こら》えていると、大きな温かい手が両肩を包み込んでくれた。

「優希、落ち着いて。きっと見つかるよ」

「………ご、ごめんなさい……っ、僕が、目を離してしまったから……っ」

もう何度目になるかわからない謝罪を口にする。

何度謝っても足りなかった。

できるなら、時間を巻き戻してクリスのそばに寄り添いたい。どうして一瞬でも目を離してしまったのだろうと苦い後悔がこみ上げてくる。

「誰も悪くない。子供は元気を持てあましてるから、予想外の行動に出るのが当たり前なんだ。それを探すのが、俺たち大人の役目だろう？」

「だけど……っ、もし何かあったら……っ」

「そのときは俺が責任を取る。クリスは俺の甥《おい》っ子だからな。きみは最善を尽くしてくれている」

「……っ」

堪えきれずに大粒の涙が溢れてしまい、優希は顔を背けた。

次の瞬間、タイラーの胸に抱き寄せられる。

この人は、どうしてこんなに優しいのだろう。

責められ、罵倒されても仕方がないのに、優しい言葉をかけてくれる。

クリスがいなくなって優希以上に不安で心配だろうに、クリスだけでなく優希の心配までしてくれている。

「さあ、もう一度キャンプ場に戻って探してみよう」

励ますように優しく背中を叩かれて、優希はしゃくり上げながら頷いた。

◇◇◇

冷え切った優希の体を抱き締めながら、タイラーは高ぶる感情を抑えようと深呼吸をした。

――こういう場合、取り乱しても何も解決しない。

何度も自分に言い聞かせるが、さすがのタイラーも内心かなり焦っていた。

一時間ほど前から、保安官たちは湖の捜索を始めた。クリスが誤って転落した可能性を考慮してのことだろう。

ブライアンに電話して事情を説明し、すぐに来てくれるように頼み……この数時間は希望と絶望のくり返しで、体はまだしも頭と心は疲労困憊《こんぱい》している。

しかし、捜索の手を緩めるわけにはいかない。こうしている間にも、クリスは冷たい雨に濡れて心細さに泣いているかもしれないのだ。

もしもあの子に何かあったら、すべて自分の責任だ。

ブライアンとサラは優希を責めるかもしれないが、どんなことがあっても――たとえブライアンとサラと決裂するようなことになっても――優希を守り抜こうと決めている。

「さあ、もう一度キャンプ場に戻って探してみよう」

泣きじゃくる優希を促し、ホテルの駐車場をあとにする。

キャンプ場に向かう途中で、ふいにポケットの中でスマートフォンが鳴り始めた。

ブライアンからだ。一瞬体が凍りつき……優希に背を向け、覚悟を決めてから通話ボタンを押す。

「……もしもし？」

『兄貴！　クリスが見つかった！』

ブライアンの声は、喜びに満ち溢れていた。

その声にクリスの無事を確信し、タイラーは大きく息を吐いた。

「優希、クリスが見つかった！」

急いで振り返り、スマホをスピーカーに切り替える。

『今ペカンレイクヴィレッジの保安官事務所にいて、怪我もなく元気にしてるそうだ。かくれんぼの最中に道に迷って、キャンプ場の向こう側にある貸し別荘まで歩いて行ったらしい。

疲れてポーチのハンモックで眠っていたところを別荘に来ていた夫婦が見つけてくれたんだが、携帯の電波が通じないので直接保安官事務所に連れて行ったそうだ』

「よかった……本当によかった……」

瞳の奥がじんとして、視界がわずかにぼやけてくる。

タイラーは滅多なことでは泣かないが、今回ばかりは涙腺《るいせん》が緩むのも致し方ないだろう。

優希の顔を見ると、やっと収まりかけていた涙が再び滝のように溢れ出していた。

『今保安官事務所に向かってるところだ。あと三十分くらいで着く。向こうで会おう』

「ああ、俺たちもすぐに行く」

電話を切ると、タイラーは無言で優希を抱き寄せた。

いろんな感情が渦巻いているが、今はとても言葉にならない。

それは優希も同じだったようで……タイラーの背中におずおずと手をまわし、やがてしっかりとしがみつく。

降りしきる雨の下、ふたりはクリスの無事に感謝し、その喜びを分かち合った——。

「伯父さん！　優希！」

保安官事務所に到着すると、女性職員と一緒にいたクリスがぴょこんと立ち上がった。

「クリス……！」

万感の思いをこめて、まずは小さな体をしっかりと抱き締める。

それから右手でクリスを抱き上げ、左手で優希を抱き寄せて、三人でしっかりと抱擁をかわす。

「ごめんなさい……勝手にかくれんぼについていっちゃって」

「もういいんだ。おまえが無事だったんだから、怒ったりしないよ」

「優希もごめんなさい……。優希、目が真っ赤だよ？」

「優希はクリスのことが心配でずっと泣いてたんだ。まったく、優希を泣かせた点は、しっかり反省してもらわないとな」

冗談めかして言うと、クリスは首をすくめた。

「タイラー・クラークソンさん？」

保安官が呼びに来たので、タイラーはクリスを床に下ろした。

「クリス、寒かったでしょう。上着持ってきたよ。お腹《なか》減ってない？」

さっそく優希が上着を着せかけて、あれこれ世話を焼き始める。

「減ってないよ。さっきあのお姉さんがドーナツくれたの」

ふたりのやりとりに微笑し、カウンターで必要な書類にサインをする。

「いやいや、無事でよかったです。別荘のご夫婦は林の向こうにキャンプ場があることを知らなかったそうです。クリスの話も寝起きで要領を得なかったみたいで、いったいどこから来たのかとひどく驚いてました」

「本当にありがとうございます。ご夫婦に改めてお礼を言いたいのですが、連絡先を教えていただけますか」

「ええ、この週末まで別荘に滞在する予定だそうですよ」

夫妻の連絡先を書き写していると、女性職員がにこやかな表情でやってきた。

「失礼、ブライアン・クラークソンさんが到着されましたよ」

カウンターから振り返ると、ブライアンが髪を振り乱して猛然とこちらへ向かってくるところだった。

「クリス！」

ブライアンの喜びに満ちた声が、保安官事務所のロビーに響き渡る。

「――パパ！」

優希のもとから、クリスが弾丸のように父親のもとへと駆け寄っていく。

親子はひしと抱き合い、そして驚いたことに、先ほどまで平気な顔をしていたクリスが、わあわあと声を上げて泣き出した。

「もう大丈夫だ。パパがついてる。一緒にヒューストンに帰ろう。ママも待ってるよ」

「うん……っ、パパと一緒に、おうちに帰りたい……っ」

「ごめんな、本当に……。パパもママも、おまえのことをすごく愛してる……」

ブライアンの声も、次第に嗚咽でくぐもっていく。

親子の再会を見つめながら、タイラーはそっと優希のそばに寄って肩を抱き寄せた。

「やっぱり俺たちじゃ、本物のパパにはかなわないな」

「ええ……本当に。クリスは一生懸命明るく振る舞ってましたけど、本当はすごく寂しかったんでしょうね……」

そういう優希も、安堵の中にほんのりと寂寥感《せきりょうかん》を漂わせている。

「クリスがいなくなるのは寂しい？」

「ええ、寂しいです。だけどクリスにとっては、パパとママのところに帰るのがいちばんですから」

「そうだな。また春休みに会える」

それにいつか、きみと俺とで子供を持てばいい――。

その言葉はすんでのところで呑み込んで、タイラーはそっと優希の髪に口づけた。

◇◇◇

シャワーの水音が、ドア越しに聞こえてくる。

その音にやや緊張しながら、優希は大きな窓に近づいて、夜のペカン湖を見下ろした。

——保安官事務所でクリスの無事を確認したあと、雨は本格的な土砂降りになり、雷まで鳴り始めた。

この天候の中ヒューストンまで帰るのは大変なので、ブライアンとクリスは思い出のホテルに一泊していくことになった。

『この荒れ模様だし、兄貴と優希も泊まっていったら？　まだ部屋空いてるって』

そう言われてタイラーと一泊していくことになったのだが……ホテルに到着してみると、空室が一部屋しかなくて焦ってしまった。

『俺は構わないが……どうする？』

『え？　ええ、僕も構いません』

タイラーと同じ部屋に泊まるなんて、本当は大いに構うのだが、この嵐の中を運転して帰ってくれとは言えなかった。

(それに……ふたりきりになったら、あの話も聞くことができるかもしれないし)

——クリスが言っていた、キスの件。

あれが本当かどうか、確かめたい気持ちもある。

「……っ」

ふいにベッドサイドの電話が鳴り始め、優希はびくりとした。

内線のランプが点《とも》っているので、別棟に泊まっているブライアンかもしれない。

「はい」

『もしもし……その声は優希かな？』

電話はやはりブライアンからだった。

「ええ、あ、タイラーは今シャワー浴びてます」

『それじゃ伝えてもらえるかな。きみもうちの事情は知ってると思うけど、俺たち、もう一度やり直すことにしたんだ。入院中にふたりでじっくり話し合って……俺たち夫婦のすれ違いは、互いに仕事に忙殺されていたせいだと気づいてね。サラはもうしばらくリハビリが必要だから、当分家にいることになる。俺も、近々ハーモンヴィルの近くの病院に転職しようと思って』

「そうですか。タイラーが喜びます」

ふたりがやり直すと聞いて、優希もほっと胸を撫で下ろした。

『俺たち、大都会での生活にちょっと疲れてたみたいでね。クリスのためにも、そのほうがよさそうだし……ああ、クリスが優希と話したいって言ってる。いい？』

「もちろんです」

『もしもし？　優希？　あのね、さっき電話でママと話したの。そしたら、ママも明日おうちに帰ってくるんだって！』

受話器から、クリスの弾むような息遣いが伝わってくる。

クリスの興奮した顔が目に浮かび、優希は顔をほころばせた。

「本当に？　よかったね」

『それにそれに、パパがハーモンヴィルの近くに引っ越すって！　また優希に会えるよ！』

「うん、僕もすごく楽しみ」

『優希は伯父さんと仲直りした？』

「え……？」

ぎくりとして、声が強ばる。

『だって、僕がキスの話してから優希ずっと変だったよ。伯父さんとしゃべらないようにしてたでしょう』

「…………」

五歳の子供に気づかれていたとは、不覚だ。

確かに、自分はタイラーを避けていた。キスのことが本当かどうかわからなかったし、期待しすぎて傷つくのが怖かったし、これ以上気持ちをかき乱されるのも怖かった。

『伯父さんがこっそりキスしたこと、怒ってるの？』

「えっ？　いや、そういうわけでは……」

『じゃあ嬉しかった？』

子供らしいストレートな質問に、優希はたじたじとなって言葉を詰まらせた。

――もし本当なら、すごく嬉しい。

でも、本当かどうか確信が持てない――。

そのとき、バスルームのドアが開いてタイラーが現れた。

備え付けの白いバスローブをまとった姿にどきりとし、慌てて目をそらす。

「クリス、伯父さんがお風呂から出てきたから、パパに替わってくれる？　……あの、ブライアンから電話です」

「ああ……」

急いで受話器を渡して、逃げるようにバスルームへ向かう。

ドアを閉めて、優希は大きく肩で息をした。

◇◇◇

手渡された受話器を耳に当てると、クリスの甲高い声が響いてきた。

『伯父さん、僕知ってるんだよ』

「……え？　クリス、パパは？」

『パパはおじいちゃんとお話してる』

受話器越しに、ブライアンのかしこまった口調が聞こえてきた。携帯電話でサラの父親と話しているのだろう。

「そうか。じゃあもう遅いから……」

電話の邪魔をしたくないので切ろうとすると、クリスが衝撃的なセリフを口にした。

『伯父さん、優希にこっそりキスしてたでしょう。僕見たよ』

「ええっ⁉」

驚いて、タイラーは目を白黒させた。

あの夜の出来事がまざまざとよみがえり、体温が急上昇する。

『あのとき伯父さん、僕におやすみのキスをせずに優希にだけしてった……』

クリスが、拗《す》ねたように呟く。

「ああ、悪かった。おまえを起こさないようにと思って……」

『優希には、おやすみのキスじゃないキスしてたよね』

クリスにしっかり見られていたと知って、どっと冷や汗が出てくる。

どう言い繕うべきか悩んでいると、クリスは更なる衝撃の事実を告げてきた。

『優希も知ってるよ。僕、言っちゃった』

「……っ⁉」

新たな告白に、声もなくうろたえる。

優希が知っている？　いったいいつから？

クリスに問いただそうとするが、言葉がもつれて出てこない。

『大丈夫、優希は怒ってないって』

動揺するタイラーとは対照的に、クリスが朗らかに言い加える。

「……優希がそう言ったのか？」

『うん』

「……そうか」

しみじみと呟いて、タイラーは窓の外へ視線を向けた。

怒っていないということは、脈有りなのだろうか。気持ちが高揚し、いいほうへと解釈してしまいそうになる。

しばし無言で考え込んでいると、電話の向こうでクリスが大きなあくびをしているのが聞こえてきた。

『伯父さん、僕もう眠いから切るね……』

「え？　ああ、おやすみ」

電話を切ると、部屋が静寂に包まれる。

バスルームのドア越しに聞こえてくるシャワーの音が、やけに生々しく耳に響いた。

（優希は知ってたのか……それでちょっと態度がおかしかったのか）

避けられていたことを思い出し、気持ちが沈んでいく。

けれど優希が知っているということを知ってしまった今、これ以上有耶無耶《うやむや》にしておけない。

――バスルームから出てきた優希も、タイラーと同じ白いバスローブ姿だった。

「……服、ランドリーサービスに出してきますね」

俯きながら、優希が着ていた服の入った洗濯袋を掲げてみせる。

「ああ、いい。俺が出す」

急いで優希の手から洗濯袋を受け取って部屋のドアを開け、自分の洗濯袋と一緒に廊下側のドアノブに引っかける。風呂上がりのしどけない格好の優希を、一瞬でも他人の目に晒《さら》すような危険は冒せない。

それにしても、優希のバスローブ姿は実に目の毒だ。何もかも放り投げて、今すぐベッドに押し倒したい衝動がこみ上げてくる。

(いやいや、まずは話をしないと)

猛烈な衝動を必死で抑え、タイラーはダブルベッドの足元に座り直した。

気持ちを落ち着かせようと、大きく息を吸う。

「――優希、話がある」

「……はい」

優希も、同じようにもうひとつのベッドの足元に腰掛ける。

「ええと……既にクリスから聞いていると思うが、先日俺は、寝ているきみにこっそりキスをした」

ちらりと横を見て、優希の反応を窺う。

白い頬がみるみる赤く染まっていくのを見て、再び衝動がこみ上げそうになる。

「……ええ、聞きました」

「その……本来ならきちんと告白してからするのが筋だと思うんだが、大家の立場で交際を申し込むとセクハラになりそうで自制してた。でも、だからってこっそりキスはまずいよな」

もう少し気の利いた言いまわしはないものかと思いつつ、訥々《とつとつ》と口にする。

しばしの沈黙ののち、優希が喘ぐように息を吐いてから、口を開いた。

「あなたに口説かれても、セクハラだなんて思いません」

「……本当に？」

優希の言葉の真意がわからなくて、問い返す。

それはいい意味なのだろうか、それとも悪い意味なのだろうか……。

「えっとつまり、なんとも思ってない人から迫られたらセクハラと思うかもしれませんが、そうではないので……」

真っ赤になって、優希が俯いた。

その横顔を凝視し、優希の言葉をくり返し嚙《か》み締め、ようやくタイラーは優希が何を言おうとしているのか理解した。

「優希……！」

気がつくと、隣のベッドに座っていた優希をきつく抱き締めていた。

「ん……んん……っ！」

激情のままに、優希の唇を貪る。

柔らかな唇にむしゃぶりつき、舌をねじ込んで熱い口腔《こうこう》内をかきまわし、逃げ惑う舌に己の舌をきつく絡ませ……。

これほど甘美な口づけを、タイラーは今まで経験したことがなかった。

粘膜が触れ合う場所から、互いの存在が溶け合ってひとつになってしまうような……まるで情熱的なセックスそのもののような、甘く官能的なキス。

夢中で貪り、ようやく優希が苦しげに喘いでいることに気づいて、慌てて唇を離す。

「すまない、ちゃんと言ってからしようと思ったのに」

ベッドの上に胡座《あぐら》をかき、乱れたバスローブの裾《すそ》を直す。

しかし股間の一物が猛々《たけだけ》しく勃起していることは、もう隠しようがなかった。

「優希……きみのことが好きだ。俺とつき合って欲しい。その、結婚を前提として」

優希はまだキスのショックから覚めていないようで、顔を背け、自分の体を両腕で抱くようにして震えている。

怯えているのだろうか。いや、頬を染めて息を喘がせているさまは、恥ずかしがっているようにしか見えない――。

「……僕も、あなたのことが好きです……」

その言葉に、わずかに残っていたタイラーの理性は粉々に砕けて吹き飛んだ。

日頃の紳士然とした仮面が剝がれ落ち、牡の獣と化して優希をベッドに押し倒す。

「ああ……っ」

優希のバスローブの胸元を左右に大きく広げたタイラーは、初めて目にした裸の胸に思わず呻き声を漏らした。

白くなめらかな肌、かすかな筋肉に覆われたなだらかな胸、そして、まるで花びらのような淡い桃色の乳首――。

薄い胸板に顔を埋め、遠慮なく乳首にむしゃぶりつく。

「ひあっ」

優希が驚いたように声を上げるが、発情した男には誘っているようにしか聞こえなかった。

無遠慮に舐《な》めまわしていると、初々《ういうい》しい乳首が硬い肉粒を作り始めるのがわかる。

早く優希のすべてを知りたくて、乳首を舌で転がしながら下半身へ手を伸ばす。

ふいに、それまでは抵抗しなかった優希が「いや……っ」と言いながら暴れ始めた。

「ごめん、いきなりじゃ嫌だよな」

慌てて体を起こし、タイラーはその場に正座した。

バスローブの前がはだけて、いきり立ったペニスがはみ出しそうになる。慌ててバスローブで覆うが、牡の象徴は布地の下で獰猛《どうもう》に暴れた。

優希も体を起こし、両手で股間を押さえてもじもじしている。

「い、いえ……嫌じゃないんです。だけど……すみません、ちょっとバスルームに行っていいですか」

「えっ、なんで？」

「その………よ、汚してしまったので……」

消え入りそうな声で言われて、タイラーは鼻息荒く優希の両手首を摑んだ。

バスローブが乱れて、白い太腿《ふともも》が覗いている。

なめらかな太腿の内側が白濁で濡れていることに気づき、タイラーはくらりと目眩を感じた。

「……汚したっていうのはつまり、さっきのキスで……？」

優希が睫毛を伏せて、観念したようにこくりと頷く。

先ほどのキスで優希が射精していた事実に、タイラーは一瞬気が遠くなりかけた。多分、下半身に急激に血が集まりすぎたせいだろう。

「もう一回シャワー浴びてきます」

「いや、だめだ。全部見せてくれ」

「ああ……っ」

再び押し倒し、今度は容赦なくバスローブのベルトを毟《むし》り取り、優希の恥ずかしい秘密を露《あらわ》にする。

「……っ！」

初々しいピンク色の小ぶりなペニスが、白い蜜にまみれてふるふると震えていた。つややかな果実のような亀頭の割れ目からは、残滓《ざんし》がとろとろと漏れている。すんなりとした形、淡くけぶるような産毛、密やかなふたつの玉……まったく、こんなに綺麗で可愛らしくていやらしいなんて、いったい誰が想像しただろう。

「優希、つき合い始めたばかりで気が早すぎるのは重々承知しているが、俺はきみが欲しい」

再び正座して、タイラーは懇願した。

我ながらひどく間抜けな格好だ。バスローブはすっかりはだけ、隠しきれなくなった屹立《きつりつ》がはしたなく揺れている。

血管の浮いた太く長い茎、大きくえらの張った亀頭、重たげな陰嚢《いんのう》……優希の可憐《かれん》なものとは似ても似つかない、グロテスクな様相だ。

優希の潤んだ瞳がタイラーの逞しい屹立をとらえ……白い頬がぱあっと赤く染まっていく。

「僕も……今すぐあなたが欲しいです……」

「本当に？」

「ええ、ずっとあなたに抱かれるところを想像して……優希の体に覆い被さった。あああっ！」

声もなく、タイラーはバスローブを脱ぎ捨てて優希の体に覆い被さった。

本能的な仕草で、長さも太さも違うふたつの性器を重ねて擦り合わせる。

「優希……っ」

ようやく声を絞り出せるようになると、タイラーは少しでも優希の官能を高めようと激しく腰を動かした。角度を変え、張り出した雁《かり》の部分で優希の初々しいペニスを刺激する。

「あ……タイラー……っ」

優希が切なげな声を出し、タイラーの首にしがみついてくる。

揺れる舟から振り落とされまいとするような、必死な仕草だ。愛しさがこみ上げてきて、タイラーはしっかりと優希の体を抱き締めた。

「あ、ああ……っ」

抱擁に応えるようになまめかしく絡みついてきた優希に、タイラーは低く呻いた。

優希が自ら脚を開いて膝を立てているのは、ＯＫのサインだろうか……。

「いいのか……？」

半信半疑で尋ねると、優希が目を潤ませて頷いた。

「……き、来て……」

その言葉に全身の血が沸騰し、無我夢中で優希の中へ突入する。

しかし亀頭をほんの少し含ませただけで、優希が痛そうに顔をしかめた。

「すまない、何か濡らすものが必要だな」

「あ……あなたので、濡らしてください……」

「ええっ？　俺の……これ？」

先走りをにじませる亀頭を擦りつけると、優希がこくこくと頷いた。

「本に書いてあったんです……潤滑剤がないときはそうするといいって……」

「もしかして、初めてなのか？」

そんな予感はしていたが、念のために質問すると、優希が真っ赤になって小さく頷いた。

「……指は……入れたことがあります」

「自分で？」

「はい……」

――優希が自分で蕾《つぼみ》を弄《いじ》っているところを想像し、タイラーは再び気が遠くなりかけた。

しかし、ここで興奮のあまり失神するわけにはいかない。

淫らなマスターベーションについては後日じっくり話を聞くことにして、優希の両足を持って交合の体勢を整える。

「わかった。じゃあちょっと気持ち悪いかもしれないが、我慢してくれ」

「はい」

生真面目《きまじめ》な表情で、優希が頷く。

いきり立つ男根を握り、タイラーはそっと優希の小さな蕾に押し当てた。

「あ……あ……っ」

じわじわと腰を進め、亀頭を半分ほど収める。

それだけでも優希には苦しいようで、細い眉が悩ましげに寄せられてゆく。

「これから中を濡らす。もうちょっと我慢してくれ」

「はい……あ、あ……っ」

己の分身をしごき始めたタイラーに、優希もどうやって濡らすのかわかったのだろう。

恥ずかしそうに、けれど欲情に潤んだ瞳で、タイラーの行為をじっと見守る。

「きみのことを考えながら、何度もこうやって自分を慰めてた」

「ほ、本当に？　あ、あんっ」

しごいた弾みで、亀頭がより深くめり込んだらしい。優希が切なげな声を上げて、タイラーの興奮を煽り立てた。

もうあんまり持ちそうにない。こんなに早くいってしまうのは男として悔しいが、優希が色っぽすぎるので仕方ないだろう。

「ぼ、僕も……あなたのことを考えながら、してました……っ」

優希の無邪気な告白が、タイラーにとどめを刺した。

「うっ」

低く呻き、優希の中に濃厚な精液をたっぷりとぶちまける。

「あ、あ……すごい、中が……っ」

「優希……！」

「あああ……！」

やや強引に、タイラーは亀頭を突き入れた。

熱く濡れたばかりの粘膜が、いやらしく絡みついて食いしめてくる。

「あ、タイラーのおっきいの、入ってくる……っ」

「優希、頼むからあんまり煽らないでくれ……！」

「ひあっ、すごい、太いよお……っ」

「く……っ」

二度目の射精もあまり持ちそうになかったが、この分なら一晩中でも勃起できそうだ。

甘い夜は、始まったばかりだ。手に入れたばかりの愛おしい伴侶を、タイラーはぎゅっと強く抱き締めた――。

◇◇◇

「あ、タイラーのおっきいの、入ってくる……っ」

――思わず淫らな言葉が口から飛び出してしまう。

タイラーを思い浮かべながら自分を慰めていたときに、密かに口にしていたいやらしいセリフだ。

早くからゲイだと自覚していた優希は、いわゆる耳年増なところがある。

親に隠れてインターネットでゲイポルノの動画を探し、高校生の頃には指でいくことを覚え、大学の寮ではルームメイトにばれないように小さなローターを隠し持ち……。

実を言うと、初めてのひとり暮らしに備えてディルドを購入した。思いがけずクラークソン邸に住むことになり、出番がないまま引き出しの奥深くにしまい込まれているが……スーツケースにディルドやローターの入ったポーチを隠し持ってクラークソン邸へ向かったときの羞恥《しゅうち》と緊張、罪悪感は今でもありありと覚えている。

（ああ……ついにタイラーと結ばれるんだ……）

ロマンティックな感慨で、胸がいっぱいになる。

同時に、若くて淫らな体は初めてのセックスにひどく興奮していた。

「優希、頼むからあんまり煽らないでくれ……！」

低い声で唸《うな》りながら、タイラーがぐいぐいと腰を押し進めてくる。

大きく張り出した亀頭に狭い肛道《こうどう》をかき分けられて、優希は髪を振り乱して喘いだ。

敏感な媚肉《びにく》を硬くて太いもので押し広げられる感覚が、たまらなく気持ちいい……。

「あ……っ、ああ……っ」

「痛いか？」

タイラーが心配そうに言って動きを止めたので、慌てて優希は更なる挿入をねだるように腰を浮かせた。

「だ、大丈夫です……っ、もっと奥まで来て……っ」

タイラーが言葉にならない呻き声を上げて、猛然と腰を突き入れてくる。

「ひああ……っ！」

ずぶりと奥まで貫かれ、優希は全身を弓なりに反らした。

先ほど目にした雄々《おお》しい巨根が、自分の体の中でどくどくと熱く脈打っている――。

「ひあっ、すごい、太いよお……っ」

我を忘れて、再び優希は淫らな言葉を口走った。

タイラーのジーンズの股間の膨らみを盗み見て、いつもその大きさや形を想像していた。

実際のタイラーは想像以上に逞しくて……初めて味わう質感に頭がぼうっとし、つながっている場所の感覚だけが鮮明に浮かび上がってくる。

「少し動くぞ」

「はい……、あ、あっ、あああ……っ！」

いきり立った男根で中を擦られて、新たな快感に身悶《みもだ》える。

タイラーが腰を前後に動かすたびに、大きく張り出した雁が媚肉を引っかき、ごりごりした裏筋が気持ちのいい場所に当たり……。

「あ、も、もうだめ、いく……っ、いっちゃう……っ」

快感にむせび泣きながら、優希はとろとろと精液を漏らした。

下半身の感覚があやふやで、もしかしたらもうとっくに漏らしていたのかもしれない。

「俺もいきそうだ……！」

タイラーが息を荒らげ、優希の中を激しく擦り立てる。

ぬかるんだ蜜壺《みつつぼ》が、ぐちゅぐちゅといやらしい音を立てているのが恥ずかしい。

「優希……！」

タイラーが呻き、優希を懊悩《おうのう》させている牡の象徴がひときわ大きく脈打つ。

「あ、あっ、ひああん……っ！」

タイラーが熱く濃厚な精液を迸《ほとばし》らせる感覚に、優希は再び絶頂へと押し上げられた――。

◇◇◇

――遠くで鳥が鳴いている。

うっすらと目を開けると、開け放したカーテンの向こうは夜明けの青に染まっていた。

ちらりと横目で枕元の時計を見ると、午前五時をまわったところだった。

ゆうべは激しく燃え上がるような一夜――タイラーにとって人生で初めて味わっためくるめく官能の一夜だったというのに、いつも通りの時間に目覚めた自分に苦笑する。どうやら自分は、骨の髄《ずい》まで牧場の仕事が染みついているらしい。

「……ん……」

腕の中で、愛しい恋人が小さく息をつく。

寝返りを打とうとし、しかし何か――タイラーの胸だ――に阻まれて眉根を寄せ……今度は反対側に寝返りを打とうと身じろいでいる。

その可愛らしい仕草を、タイラーは口元に笑みを浮かべながらじっくりと観察した。

長い睫毛、しっとりと吸いつくような白い肌、思わず咬んでみたくなる形のいい耳たぶ――もう遠慮することはないのだと気づいて、そっと耳たぶを甘咬みする。

「……っ!?」

華奢な体は、タイラーの甘咬みに実に素早く反応した。

紅茶色の瞳がぱっちりと開き、驚いたように耳を押さえてタイラーの顔を凝視する。

「おはよう」

にっこりと微笑むと、優希の表情に緊張が走るのがわかった。

「……おはようございます」

「よく眠れた？」

「ええ……」

声がぎこちなく、目を合わせようともしないので、次第にタイラーは不安になってきた。もしかしてゆうべのあれこれは、優希への想いが膨れ上がりすぎた自分の妄想だったのだろうか。

「ええと……ゆうべのことは覚えてる？」

「……もちろんです」

「他人行儀な気がするのは、気のせいかな」

タイラーの言葉に、優希の白い頬がみるみる赤く染まっていく。

寝返りを打って顔を背けようとするのをやんわりと押しとどめ、タイラーは優希の目を正面から覗き込んだ。

「言ってくれ、優希。何か気に障《さわ》ることがあったなら謝るし、改めるよ」

「い、いえ、そうじゃないんです！　その、僕はこういうの初めてで、ちょっと緊張してるというか動揺してるというか……っ」

「セックスしたのが恥ずかしくて、照れてるのか？」

「………っ！」

可哀想《かわいそう》なくらいに真っ赤になったのを見て、タイラーはしまったと後悔した。

これほど初《うぶ》な反応を示す相手は初めてで、いったいなんと言えばいいのかわからない。

「すまない。からかったわけじゃないんだ。どうも俺はデリカシーがなくて……それに今まで、いろいろ言葉足らずだった」

「いえ……ほんとに、恥ずかしくて照れてるだけなんです……」

「わかった。じゃあこうやって、顔を見ずに話そう」

ベッドの中でごそごそと動いて、タイラーは優希の体を後ろから抱き締めた。

股間のものが性懲りもなく朝の生理現象を示しているが、構わず優希の尻に押しつける。

「雨は上がったみたいだな」

うなじに顔を埋めて、タイラーは敢えて軽く世間話から切り出した。

「……そうですね」

優希の肩には、まだ少し力が入っている。

まったく、ゆうべはあんなに淫らに乱れていたのに、朝になったら今度は羞恥に身悶えているなんて可愛すぎる。

「朝食のあと、少し湖の周りを散歩してみようか」

「……ええ」

「言っておくが、今日はクリスたちとは別行動だぞ。一緒にお散歩しようって誘われても、絶対にだめだ」

おどけたように言うと、ようやく優希が緊張を緩めるのがわかった。

くすくす笑いながら、「クリスの誘いを断るのは難しそうです」といつもの調子で答えてくれる。

優希の笑い声に胸がいっぱいになり、思わずタイラーは、突き動かされるように告白を口にした。

「実を言うと、ほとんどひと目惚《めぼ》れだったんだ」

「……えっ？」

我ながら唐突な切り出し方だ。話し下手なのは、そう簡単には直りそうにない。

優希に気持ちを伝えたくて、そしてもう一度優希の気持ちを確かめたくて、抱き締める腕につい力が入ってしまう。

「きみと初めて会ったとき……覚えてるか？　俺はバスタオル一枚の間抜けな格好だった」

「ええ……すごくインパクトがありました」

「あのとき、なんて綺麗な子だろうってびっくりしたんだ。礼儀正しくて言葉遣いが丁寧で……一緒に過ごすうちに、どんどんきみのことが好きになっていった」

「僕も……初めてあなたに会ったとき、ついに理想の男性が現れたのかもしれないと思ってどきどきしました」

「本当に？」

がばっと体を起こし、優希の顔を覗き込む。

まだ恥ずかしそうに目を泳がせてはいるが、優希もシーツの上に仰向《あおむ》けになって、タイラーの顔を眩しげに見上げた。

「本当です。僕の中に昔から理想の男性像というのがあって、実を言うと、初恋は『リトル・カウボーイ』の主人公の少年でした」

「……本当に？」

同じ言葉をくり返し、タイラーは衝撃の事実に口元をほころばせた。

「ええ。その後成長するにつれて、西部劇に出てくるような野性的な男性に惹かれるようになって……あの、引かないでくださいね、僕の中で『リトル・カウボーイ』の主人公も一緒に成長して、逞しい大人の男性になったところを想像して……」

口の中で言葉にならない言葉を呟き、タイラーは優希に覆い被さった。

まったく、こんなに清純そうな青年が、そのような破廉恥《はれんち》な妄想を思い描いていたなんて反則すぎる。タイラーをモデルにした主人公に恋をし、大人になった主人公とセックスするところを想像しながら自慰に耽っていたとは……。

（いやいや、そこまでは言ってないか。いやでも、自分で指を入れてたって言ってたし）

もう少し優希がセックスに慣れてきたら、マスターベーションの件はぜひとも詳細に聞き出さねばならない。

まずは柔らかな唇を貪り、たっぷりと舌を絡めて優希の官能を煽り立てて、朝のセックスに持ち込まなくては。

「あの……どうして髭《ひげ》を剃《そ》ってしまったんですか？」

口づけの合間に、優希が息を弾ませながら尋ねてくる。

「え？　ああ、ロレーナにそのほうが若く見えるって言われて」

「髭……すごく似合ってました」

優希がそっと手を伸ばし、タイラーの角張った顎におずおずと触れる。

唸り声を上げて、タイラーは優希のなめらかな頬に頬ずりした。

「つまりきみは、髭に興奮するんだな？」

「ええっ？　いえ、そういうわけじゃ……、あんっ」

わざと顎を押しつけるようにして乳首を舐めると、優希の声がたちまちつやめいた。

「ゆうべよりも伸びててちくちくするだろう？」

「あ、あんっ、だめ……っ」

「大丈夫、無理はさせない。今朝はこうやって、優希の体を隅から隅まで愛撫《あいぶ》するだけだ」

伸びかけた髭でなめらかな肌を刺激しながら、ゆっくりと下腹部へ舌を這わせていく。

可愛らしいペニスは、タイラー同様ぴょこんと勃《た》ち上がってふるふると揺れていた。

初めて目にしたときから、口に含んで舐めまわしたいと思っていた。ゆうべはそれどころではなかったが、今なら少し余裕がある。

まずはぱっくりと咥《くわ》え込み、熱い粘膜で覆い尽くす。

咥えたとたん、優希が仰《の》け反《ぞ》って先走りを漏らした。

舌先で鈴口を塞《ふさ》ぐように愛撫すると、セックスのときとはまた違ったなまめかしい声を上げて喘ぎ始める。

「ああ……っ！」

フェラチオによがり乱れる優希に、タイラーも興奮して己の勃起を擦り立てた。

いずれ髭が伸びたら、優希に更なる快感を与えることができるだろう。

めくるめく官能の日々への期待に胸を膨らませて、タイラーは愛しい婚約者をねっとりと舌で愛撫した。

## 11

——タイラーと結ばれて一ヶ月。

その年のクリスマスは、一生忘れられない特別な日になった。

クラークソン邸でのクリスマスパーティには、ブライアンとサラ、クリス、ロレーナをはじめとした牧場内で働くスタッフ、そしてウェイドの姿もある。

「えーと、皆さんに報告があります」

乾杯が終わったところで、タイラーがおもむろに切り出した。

皆の視線が集まり、タイラーが少し緊張したように微笑む。

ウエスタンシャツにシルバーのループタイ、ラム革のジャケットを羽織ったタイラーは、惚れ惚れするほど素敵だった。

(やっぱり髭があるほうが断然かっこいいし……)

この一ヶ月で伸びた髭を、今夜はすっきりと短めにカットしている。

キスするときのちくちくした感触を思い出し、思わず優希は首をすくめた。

「ご存じの通り、俺と優希は正式に婚約しました。優希の家族にも報告して、幸いなことに理解を示してくださり、家族全員に祝福してもらうことができました」

一同が拍手をし、口々に「おめでとう」と言葉をかけてくれる。

ブライアンとサラが目を見交わして微笑み合っているのに気づいて、優希は胸が温かくなるのを感じた。

——ブライアンとサラは退院後まもなくハーモンヴィルの隣町に引っ越してきて、ブライアンは今月から町の診療所で働いている。

サラはまだ少し足が不自由で、しばらくは自宅療養が続くが、地元の看護学校から週に二、三日でいいから講師をしてくれないかと打診されているらしい。

『クリスが小学校に上がったら、ぼちぼち講師の仕事を始めようかと思ってるの。今までみたいにがつがつ働くんじゃなくて、パートタイムでのんびりとね』

先日初めて顔を合わせたサラは、クリスによく似た瞳が印象的な、知的で快活な女性だった。

『あなたが優希ね。クリスのこと、本当にどうもありがとう。あの子から四つ葉のクローバーのお見舞いカードをもらったとき、涙が止まらなくなっちゃって大変だったのよ』

そう言ってサラは優希の手を握り締め……感極まったようにハグしてくれた。

入院中、サラは子供の頃の夢を何度も見たと言っていた。オーストラリアの農場で育ったサラにも、ヒューストンでの生活は知らず知らずのうちにストレスになっていたらしい。

両親が互いへの愛情を取り戻したことは、何よりもクリスにとって幸せなことだろう。

クリスは目をきらきらさせながら、タイラー伯父さんの話の続きを待ち構えている。

隣に座る優希を見つめてからタイラーが一同を見渡す。

「春に……牧場にブルーボネットが咲く頃に、うちの庭でささやかな結婚式を挙げたいと考えています。ここにいる皆さんに、ぜひ出席していただきたい」

更に大きな拍手が沸き起こり、優希も立ち上がってぺこりと会釈した。

タイラーに軽く肩を抱き寄せられて頬にキスされ、顔が熱くなってしまう。

ふたりきりのときでもまだ緊張してしまうのに、人前でキスやハグをするのはハードルが高すぎる。

新年にはタイラーとふたりでロサンゼルスの両親のところへ挨拶に行くことになっているが……両親の前でのスキンシップは極力控えめにしてくれるように釘《くぎ》を刺しておかなくてはならない。

「素敵！　お庭での結婚式なんていつ以来かしら」

ロレーナが両手を合わせ、少女のように目を輝かせる。

「うちの両親以来かな……ああ、そういえば結婚二十周年のパーティはロレーナが取り仕切ってくれたんだったね」

「そうそう、あのときも素敵なパーティでした。今度もぜひお任せください」

「ブルーボネットが咲く頃というと、四月くらい？　その頃までに俺にも運命の相手が現れるといいんだけど」

ウェイドが肩をすくめ、彼のプレイボーイぶりを知っているスタッフから笑いが漏れる。

「さあさあ、皆さん、お料理が冷めないうちにどうぞ」

ロレーナのかけ声で、賑《にぎ》やかなディナーが始まった。

隣の席のタイラーが、優希に向き直ってシャンパンのグラスを掲げる。

もう一度乾杯して、優希はタイラーの榛色の瞳を見つめた。

「優希、すごく綺麗だ」

「タイラーも……すごく素敵です」

「きみのタキシード姿はさぞかし美しいだろうな。今から待ちきれないよ」

「もう……その話はあとにしてください」

照れながら視線をさまよわせると、向かいの席からクリスが興味深そうな目つきで見つめているることに気づく。

「伯父さんと優希のとこにも、赤ちゃん来るの？」

無邪気な質問に、優希は笑顔のまま固まった。

——ふたりで話し合い、いずれは養子を迎えようと決めている。けれどそれを今公表していいものかどうか……。

「そうだな。まずはふたりきりの新婚生活を満喫してからかな」

「満喫ってどういう意味？」

「たっぷり時間をかけて愛し合うってことだよ」

「そしたら赤ちゃんが来るの？」

「そういうこと」

タイラーが、しかつめらしい表情を作ってこくこくと頷く。

真っ赤になって、優希はテーブルクロスの下でタイラーの膝を軽く叩いた。

まったく、子供に変なことを吹き込まないで欲しい。タイラーは知らないようだが、子供というのは小耳に挟んだ話を思いがけない場所とタイミングで暴露する習性を備えているのだから。

「大丈夫だ。おかしなことは言ってない」

「いいえ、不適切な表現がありました」

小声で囁くと、タイラーがにやりと笑う。

体を傾け、そっと優希の耳に唇を寄せ……。

「たっぷり時間をかけて愛し合うってところ？　ゆうべのこと思い出した？」

「……っ！」

このところすっかり舌がなめらかになった未来の夫を睨みつけ、優希は照れくささをごまかすようにシャンパンを口にした。

清楚な花のいけない秘密

「お疲れさまです」

「お疲れさま。いい週末を」

小学校の駐車場で同僚と挨拶をかわし、川池優希《かわいけゆうき》は愛車のカローラのロックを解除した。後部座席に持ち帰り仕事の書類が入った鞄を置き、運転席のドアを開ける。

「優希！」

ふいに名前を呼ばれ、優希は振り返った。

職員用の通用口から、校長秘書のミズ・ジョーンズが駆け寄ってくる。

「……ヴァネッサ」

このところ、ミズ・ジョーンズではなくファーストネームで呼ぶようになったのだが……ヴァネッサはファーストネームで呼び合う同僚第一号なので、まだ少し慣れなくて名前を口にするたび緊張してしまう。

「はあ、よかった捕まって。ランチのときに話そうと思ったんだけど、いろいろ仕事が押し寄せてきてカフェテリアに行けなくて」

息を弾ませながら、ヴァネッサがカローラに寄りかかる。

「何か用事でしたか？」

「そうなの。あなたにぜひお願いしたいことがあって。私が公民館のボランティアグループに参加してるのは知ってるでしょう？」

「ええ、聞きました」

「私たち、女性と子供のためのシェルター設立に向けて活動してるの。ほら、ハーモンヴィルにはそういう施設がないでしょう？　ちょうど手頃な物件が見つかって押さえてるんだけど、内装費用や備品代なんかが足りなくて」

「寄付を集めてるのなら、僕もぜひ……」

「ありがとう。だけど、頼みたいのは別のことなの。私と消防署の事務職員が中心になって、資金集めのためのチャリティカレンダーを企画したのよ」

「チャリティカレンダー？」

「そう、見たことない？　消防士カレンダーとか警察官カレンダーとか」

「ああ……」

ネットで目にしたことのある消防士カレンダーを思い出し、優希は深々と頷《うなず》いた。

消防士カレンダー――その名の通り、消防士をモデルにしたカレンダーだ。被写体はすべて本物の消防士や警察官というのが売りで、素人《しろうと》ながらモデル並みのルックスを備えたイケメンたちが、制服に身を包んだ勇ましい姿を披露している。人気のある消防署のカレンダーは毎年売り切れ必至で、チャリティとして大きな成果を上げているらしい。

消防士カレンダーが世の女性たちを虜《とりこ》にしているのは、セクシーな要素を含んでいるからだろう。選ばれる消防士は筋肉隆々のマッチョタイプで、ほとんどが上半身裸なのだ。

「いいですね。ハーモンヴィル消防署はイケメン揃《ぞろ》いらしいし」

「ええ、ウェイドを筆頭にね。だけど、消防士カレンダーじゃよその町とあまり変わらなくてインパクトに欠けるでしょう。そこで我が町初のセクシーカレンダーは、職業を限定せずにとにかく選《え》りすぐりのイケメンを揃えようってことになって」

「えーと……まさかと思うけど、僕にセクシーな小学校教師部門のモデルの依頼ですか？」

わざとおどけたように言うと、ヴァネッサが声を立てて笑った。

「優希はとびきりの美人だけど、綺麗《きれい》すぎる上に細すぎて、購入者層の女性の反感を買うからだめよ。マニアックな筋には受けそうだけどね。まあ第一、優希のセミヌード写真なんて婚約者の彼が許してくれないだろうし」

「……っ」

ヴァネッサの言葉に、たちまち顔が赤らんでしまう。

——先日優希は、クラークソン牧場の主であるタイラー・クラークソンと正式に婚約した。

つき合い始めたのもつい最近で、婚約はもう少し先でもいいのではないかと思ったが、タイラーは一刻も早く優希を自分のものだと世に知らしめたいのだと言い張った。

慌ててロサンゼルスに住む両親にカミングアウトし——両親はとっくに優希がゲイであることに気づいており、いつになったらカミングアウトするのだろうと思っていたらしいが——カミングアウトと同時に婚約の報告もして、新年にはタイラーと一緒に実家に挨拶に行くことになっている。

『あの……婚約の件、周りの人にはまだ伏せといてくださいね』

婚約指輪をもらったとき、優希はおずおずと申し出た。

『どうして？』

さっそくお揃いの指輪を嵌《は》めたタイラーが、不思議そうに問い返した。

『ええと……テキサス州は保守的な土地柄だと聞いているので』

『そんなの気にすることはない。こないだエイムズ校長にも話したけど、喜んで祝福してくれたよ。理解してくれない人もいるだろうが、そういう人は放っておけばいい』

『え、こ、校長に話したんですか？』

『勝手に話して悪かったかな？　きみが職場で嫌な思いをしたらいけないと思って。俺は知らなかったけど、同じ敷地内にある高校にゲイをカミングアウトしている教師がいるらしい。何かあったら相談できるよう、校長が今度紹介してくれるそうだ』

タイラーの細やかな配慮が嬉《うれ》しくて、次第に優希も隠さなくても堂々としていればいいのでは……と思えるようになってきた。

とはいえ、タイラーが会う人会う人に優希のことを「俺の婚約者なんだ」と誇らしげに紹介するのは、なんとも照れくさくて気恥ずかしいのだが……。

「……ご存じでしたか」

「みんなとっくに知ってるわよ。ハーモンヴィル中の独身女性が、ついにあのタイラー・クラークソンが結婚してしまうって打ちひしがれてるもの」

「皆さんにすごく恨まれてそうですね……」

「大丈夫。優希はいい子だってみんな知ってるし、女性と結婚するよりもダメージが少ないわ。まあせいぜい人前でいちゃいちゃして、私たちの目を楽しませてちょうだい」

「まさか、それが僕に頼みたいこと？」

「いいえ、違うわ。私たちのチャリティカレンダーの目玉として、この町の二大イケメンスターを外すわけにいかないの。ひとりはウェイド・エイムズ。すぐに快諾してくれたわ。もうひとりはタイラー・クラークソン。電話で打診したんだけど、寄付なら喜んでするけど写真は勘弁してくれって断られたの」

「知らなかった……」

「そこであなたの出番よ」

上背《うわぜい》のあるヴァネッサにがっちりと両肩を摑《つか》まれ、優希はよろめいた。

「愛《いと》しい婚約者が可愛《かわい》くおねだりしたら、タイラーはなんでも言うこと聞いてくれると思うの。お願い。チャリティカレンダーが成功するかどうかはタイラーにかかっているの。タイラーほどのイケメンカウボーイが他にいる？　いないでしょう？　優希だって、上半身裸でカウボーイハットを斜めに被《かぶ》ったセクシーなタイラーが見てみたいでしょう？」

ぐいぐいと詰め寄られて、優希はかくかくと頷いた。

確かに、タイラーのセクシーなセミヌード写真を見てみたい気もする。

それでシェルター設立の資金が集まるのなら、優希としてもぜひ協力したい。

「……わかりました。帰って話してみます」

「頼んだわよ」

優希に気合いを入れるように両肩を強く叩《たた》き、ヴァネッサは軽やかに立ち去っていった。


「チャリティカレンダー？　ああ、昨日電話でモデルを頼まれたけど、断ったよ」

帰宅してさっそくカレンダーのことを話すと、タイラーはそう言って中断していたお帰りのキスを再開させた。

「んっ、ちょ、ちょっと待って……っ、カレンダーはシェルター設立のために必要で……っ」

「大丈夫。ちゃんと大口の寄付を申し出たよ。俺の裸同然の格好の写真が出まわるなんて、優希は嫌だろう?」

「いえ、あの、僕……見てみたいです」

再びキスを中断し、タイラーが訝《いぶか》しげな表情で優希の顔を見下ろす。

「本当に?」

「ええ……あなたは僕のことを自慢したいって言ってましたよね。僕も、あなたのことを自慢したい気持ちがあるような……」

ないような……と続けようとしたが、その言葉はタイラーの厚い胸板に塞《ふさ》がれてかき消えてしまった。

「わかった。可愛い婚約者の頼みなら、ここはひと肌《はだ》脱がないとな」

「いいんですか?」

「ああ。そのかわり、俺からもお願いがある」

「なんでしょう?」

少々不安を覚えて尋ねると、タイラーがその不安を裏づけるようににやりと笑った。

「こっちへおいで」

手を引かれて、居間のソファへ導かれる。タイラーの膝《ひざ》の上に座るように促され……ためらっていると、逞《たくま》しい腕にやや強引に腰《こし》を抱き寄せられた。

「あ……っ」

「お願いというのは……ちょっと言い出しにくいことなんだが……怒らないって約束してくれるか？」

「ものすごく、嫌な予感がするんですけど」

身じろぎして膝の上から逃れようとするが、簡単に捕まってしまう。

「そうだな、優希の嫌な予感は多分当たってる。先日掃除をしていて、引き出しの奥にある水色のポーチを見つけてしまったんだ」

「……っ⁉」

瞬時に全身の血が沸騰し、それから凍りつく。

引き出しの奥の水色のポーチ——絶対に知られたくなかった、優希の秘密だ。

「……な、中を見たんですか？」

「申し訳ないが、確かめさせてもらった。大事な婚約者が万一銃とかドラッグとか危険なものを隠し持っていたら心配だしね」

後ろから耳にちゅっと音を立ててキスされて、体がびくびくと震えてしまう。

「驚いたよ……指以外にも、ああいう道具を使っていたなんて」

「……あ、あれは……っ」

「勘違いしないでくれ。責めてるんじゃないよ。若い男性ならマスターベーションは当然のことだ。優希の新たな一面を知って、すごく興奮したし」

「あ、あん……っ」

胸にまわされた手が、シャツの上から乳首をまさぐり始める。尻《しり》の下ではタイラーの股間《こかん》が硬く盛り上がり始め……官能的な刺激に優希は息を喘《あえ》がせた。

「……ディルドは新品のようだったけど、あれを使ったことは？」

「あ、ありません……っ」

「どうして？」

黙っていると、タイラーが返事を促すように乳首をつねった。

珍しくサディスティックな質問の仕方に、いつもと違う興奮がこみ上げてくる。

「ひあ……っ、ひ、ひとり暮らしすると思って買ったんですけど、ここに住むことになったから……っ」

「それじゃ、うちに来たときから持ってたんだ」

「……はい……」

「……まずい。興奮しすぎていきそうだ」

いつものタイラーに戻って、苦しげに呻《うめ》く。

急いでタイラーの膝から降りて、優希はズボンの股間を押さえた。

「ロレーナはもう帰ったから、ふたりきりだ」

掠《かす》れた声で言いながら、タイラーがもどかしげにジーンスの前をくつろげる。

このままでは汚してしまいそうで、慌てて優希もズボンを脱いだ。

「お願いってなんですか……？」

「それはあとでいい。早くおいで」

ボクサーブリーフから隆々と突き出した勃起《ぼっき》を擦《こす》りながら、タイラーが優しく優希の腕を引き寄せる。

「言ってください、気になります」

「……きみがあの道具を使って気持ちよくなってるところを見せて欲しい」

「…………えええ⁉」

「いいだろう？　きみのことはすべて知っておきたいんだ」

「い、嫌です！　あ、あ……っ」

「その件についてはあとでじっくり話し合おう。まずはこれを使って気持ちよくなってるところを見せてくれ……！」

「あ……あ……っ、ああん……っ！」

ずくずくと疼《うず》く蕾《つぼみ》に濡れた亀頭を押し当てられて、優希は髪を振り乱した。

いつもより内部の蠕動《ぜんどう》が激しい気がする。

恥ずかしい。なのに、タイラーに見られたい願望がむくむくと湧き起こる。

近いうちに、自分は淫《みだ》らな道具を使って自分を慰めるところをタイラーに披露してしまうだろう。

そんな予感に官能の未知なる領域を刺激されて、優希は悩ましげな吐息を漏《も》らした——。

あとがき

こんにちは、神香うららです。お手にとってくださってどうもありがとうございます。

今回はテキサス州の小さな町が舞台です。牧場主攻め、一度書いてみたかったので、こうして形にすることができて嬉しいです！

そして、もうひとつ書いてみたかったのが〝消防士カレンダー〟ネタ。巻末のSSに、ちょっぴりですが織り交ぜてみました。ネットで検索してみると、アメリカにはセクシー系のカウボーイカレンダーもあるみたいですね。私が見つけたのはモデルがカウボーイの格好をしている感じでしたが、本物のカウボーイのもあるのかな……。

タイラーと優希は数年後にパパとママになる予定です。クリスもちょくちょくやってきて、いとこたちのいい遊び相手になってくれそうです。ママになっても優希の色香は褪せることなく、むしろ人妻のお色気ムンムンな感じでタイラーを悩殺しまくるんですよ。子供たちも呆れるくらい、末永くラブラブな夫婦になることでしょう。

そうそう、「あれ？　いつものパンツは？」と思われたかたがいらっしゃるかもしれません。別に飽きたわけではなく、今回のお話には合わない気がしたので……あと、そろそろ読者さんに「またかよ〜」と呆れられてる気もしてます（笑）。でもまあ、このふたりも結婚したらパンツ三昧ですよ。優希の引き出しがセクシー下着でぎっしりになるのも時間の問題です。ロレーナさんは、きっと見て見ぬふりしてくれるでしょう。

イラストを描いてくださった三池ろむこ先生、どうもありがとうございました。タイラーも優希もイメージ通りで、本が出来上がるのがすごく楽しみです。先ほど表紙イラストを見せていただいたのですが、ブルーボネットが咲き乱れていて素敵でした！

そして、今回の作業中に担当さんが交替されました。

前担当さま、大変お世話になりました。いろいろと本当にどうもありがとうございました。

新担当さま、さっそくご迷惑をおかけしてすみません……！　お力添えに感謝しております。これからも、どうぞよろしくお願いいたします。

最後になりましたが、読んでくださった皆さま、どうもありがとうございました。

よかったらご感想などお聞かせください。

またお目にかかれることを祈りつつ、このへんで失礼いたします。

神香うららでした。

✦初出　カウボーイは清楚な花を愛す……………………………書き下ろし
清楚な花のいけない秘密…………………………………書き下ろし

神香うらら先生、三池ろむこ先生へのお便り、本作品に関するご意見、ご感想などは
〒151-0051 東京都渋谷区千駄ヶ谷 4-9-7
幻冬舎コミックス　ルチル文庫「カウボーイは清楚な花を愛す」係まで。

幻冬舎ルチル文庫

カウボーイは清楚な花を愛す

2016年2月20日　第1刷発行

| | |
|---|---|
| ✦著者 | 神香うらら　じんか うらら |
| ✦発行人 | 石原正康 |
| ✦発行元 | 株式会社 幻冬舎コミックス<br>〒151-0051 東京都渋谷区千駄ヶ谷 4-9-7<br>電話 03(5411)6431［編集］ |
| ✦発売元 | 株式会社 幻冬舎<br>〒151-0051 東京都渋谷区千駄ヶ谷 4-9-7<br>電話 03(5411)6222［営業］<br>振替 00120-8-767643 |
| ✦印刷・製本所 | 中央精版印刷株式会社 |

✦検印廃止


ISBN978-4-344-83665-5　C0193　Printed in Japan